Urs Werner Hänni – Une histoire loufoque

AF131616

Mise en page – Urs W. Hänni
Couverture : « Le Génie de la Liberté »
trônant sur la Colonne de Juillet
place de la Bastille à Paris

Urs Werner Hänni

Une histoire loufoque

suivie de textes brefs

Impression à la demande
ISBN : 978-2-3225-1876-0
Dépôt légal : janvier 2024

Écrire
est une façon de parler
sans être interrompu

Jules Renard

A mon Adriana

Avant-propos

Je me trouve face à un dilemme. Un jour je voudrais boucler mon livre avant la fin de l'année, le lendemain je doute de l'intérêt d'une telle publication. Faut-il préciser, que je ne me prends pas vraiment pour un écrivain qui mériterait le Goncourt ? Tant pis je me lance ; que le lecteur ou la lectrice intéressé[e] s'instruise davantage en lisant l'introduction.

Je tenais aussi à m'excuser par avance pour les propos de Toni et de Yorick qui pourraient parfois froisser les âmes sensibles …

Par ailleurs, vu que l'on peut s'informer de tout sur Internet, je me suis abstenu d'ajouter, à quelques exceptions près, des annotations en bas de page.

Décembre 2023 – uh

Introduction

Au début de la pandémie, je me suis mis à relire « *Nouvelles du Jour* » de Robert Walser (1878 – 1956), parues aux Éditions ZOE (Genève 2000). Ce sont des histoires courtes, d'à peine trois pages, écrites lors de son séjour à Berne (1921 – 1933) et publiées dans divers journaux en Allemagne et en Suisse. Marion Graf en a traduit une bonne quarantaine qui ont été réunies dans un recueil. J'eusse aimé les lire en allemand mais, à ma connaissance, l'édition n'existe pas sous cette forme. Le bouquin avait dormi de son sommeil du juste pendant presque deux décennies dans notre bibliothèque. Cette lecture m'encouragea à traduire, voir réécrire quelques 'textes brefs' que j'avais esquissés autrefois, certains en bernois un dialecte alémanique qui se prête merveilleusement à l'écriture. Puis j'y ai joint des textes, parfois quelques lignes, rédigés directement en français.

Pourquoi ces textes brefs ? Dans la préface aux entretiens d'Amélie Nothomb avec Michel Robert, parus sous le titre « La bouche des carpes » aux Éditions de L'Archipel (2018), Jacques De Decker écrit :

"…Car si quelqu'un prend la plume, c'est le plus souvent parce qu'il préfère se taire et qu'il tient à préciser sa pensée, qu'elle soit conceptuelle ou narrative, par le biais de l'écrit …".

La citation me va bien, de Decker aurait pu l'écrire à mon sujet. Mais cela n'explique que le fait d'écrire à la place de parler. Pourquoi alors des textes 'brefs' ? Là j'ai envie de citer Saint-Exupéry qui a écrit au sujet d'un texte :

"La perfection est atteinte non pas lorsqu'il n'y a plus rien à ajouter, mais lorsqu'il n'y a plus rien à retirer".

Cette définition me convient également tout à fait vu mon penchant pour les écrits et poèmes concis, les Haïkus et Senryūs – limités à leurs dix-sept syllabes – en tête car, depuis que je sais lire, les descriptions très développées de paysages ou les personnages aux caractères compliqués, détaillés à outrance, m'ennuient. J'adore par contre l'action, les dialogues et phrases qui vont 'droit au but'.

Puis l'idée me vint de compléter mes textes par une « Histoire loufoque », question d'épaissir un peu le volume. Cette histoire a, petit à petit, pris de l'ampleur au point de devenir si importante qu'elle prête maintenant son titre au bouquin. Elle m'a permis de 'mettre en action' des calembours et contrepèteries que j'avais griffonnés au fil du temps dans de petits carnets. Ces jeux de mots ne sont pas toujours, je l'avoue ici humblement, de moi. J'y donne la parole à Antoine, dit *Toni*. C'est lui qui raconte l'histoire et dialogue, principalement avec son pote Yorick.

De temps à autre vous trouverez aussi des remarques *(en italique et mises entre parenthèses)*. Ces commentaires-là sont de moi ☺.

Réflexion faite, il y a une autre raison pour laquelle je préfère écrire à la place de parler : Quand j'écris, je n'ai pas d'accent.

Une histoire loufoque

Mieux vaut le vin d'ici
Que l'eau de là
Sagesse populaire

I

Depuis l'âge de quinze ans j'essaie de gagner, au début tant bien que mal, ma vie tout seul. J'ai commencé par aider mon frère à faire des *bambalouni* ; un bon boulot.
Puis j'étais employé dans un Bazar où je vendais des ustensiles de cuisine, des lampes torches et du PQ *(torche aussi !)*, de l'outillage et des 'pèse personne'. Je ne comprends pas pourquoi des gens achètent ce truc qui ne sert à rien – si encore quelqu'un pouvait se peser avec !
Dix années plus tard, ayant amassé assez de fric en vendant des fricassées, j'ai enfin osé faire – comme tant d'autres – le grand saut de l'autre côté de la Méditerranée.
J'ai atterri à Rennes où je me faisais d'office appeler Antoine, question de me fondre dans la couleur locale. Comme le trafic des stupéfiants avait pris des dimensions hallucinantes je me suis mis au commerce de la drogue.

Les biftons jonchaient littéralement la rue. Autant les emporter, avant que le vent d'autan ne les emporte, me suis-je dit. Mais la qualité de la schnouf laissait parfois à désirer ce qui m'obligeait à séparer d'abord le bon grain de l'ivraie afin que je puisse livrer du bon grain. Ce trafic m'a valu rapidement le sobriquet de 'Toni Truand'.

Nous étions installés dans une ancienne maison close, *close because* la loi Marthe-Richard *(depuis avril 1946 – déjà !)*. Victime de son succès le Gang Rennais commença par être gangréné. Un beau matin je me suis aperçu qu'un drôle de con contrôlait le va-et-vient devant notre porte. Il avait un visage en lame de couteau ; un vrai con au profil de faucon. Faut qu'on dise les choses comme elles sont ! J'ai fait part de ma découverte au patron que nous avions surnommé *Nathan* car, de nature impatiente, il disait à tout bout d'champs :
– Je n'attends pas !
Alors, de là à : 'il n'attend pas Nathan' ...
Le chef a tout de suite appelé '*Jo la Frite*' et '*Biceps*'.
– Tu vois Toni, Jo aussi s'est aperçu d'un individu

louche, louchant sur le trottoir d'en face. Puis, l'autre jour, *Biceps* est tombé nez à nez avec un mec bizarre au bout de la rue qui se cachait derrière le « Figaro » dernière édition.
– Bien sûr, se sachant en ligne de mire il faisait mine de lire.
(Chapeau Toni je ne t'en aurais pas cru capable !)
Jojo, jamais en mal de conneries, tentait une plaisanterie :
– Alors, si je comprends bien, nous devons nous considérer comme cons cernés.

Ne voulant passer pour un con sidéré, et ne me sentant plus vraiment concerné, j'ai préféré m'éclipser. Le boss me donna l'autorisation de filer fissa vers la capitale. Je n'avais aucune envie de me faire pincer par la maréchaussée de province.

On avait déjà bien du mal à bien se loger à Paris. Par chance j'ai pu acheter un loft quai Malaquais *(avec des sous mal acquis comme disent les mauvaises langues)* ; si ça s'trouve, ça ne s'trouve plus *de nos jours …*

II

À ce moment-là Eugénie habitait encore dans le neuf-trois. Elle avait de plus en plus marre de quitter le plumard pour sortir à l'aurore *(mais quelle horreur !)* et bondir à Bondy dans un train déjà bondé. Elle songea donc à se rapprocher du travail car, bien qu'étant très en avance pour son âge, elle était souvent très en retard pour son boulot. Elle mettait un temps fou à se préparer le matin. Faut dire que la belle sortait maquillée comme une voiture volée. Commencer le travail tôt n'était pas trop son truc.

Un de ses copains d'école tenait un restau près de la 'Bastoche' ; une occupation très fatigante. Mal secondé, il était constamment minuté jusqu'au jour où il envoya tout balader, transformant son établissement en un bar de nuit. Aussi, quand il a proposé à Eugénie à la fois un boulot comme *barmaid* et un petit appart douillet à deux pas du bar, celle-ci sauta sur l'occase à pieds joints.

Elle était toute jouasse me voyant :

– Je t'annonce, qu'à partir du mois prochain je vais travailler au « Rarotonga » !

– Je croyais que cela s'appelait « Le Paravent » ?

– Auparavant.

– « Au Paravent » …

– Non, en tant que bistrot, ça s'appelait « Le Paravent », le bar s'appelle « Rarotonga », m'explique-t-elle joyeusement. Je ne l'avais que rarement vu aussi contente auparavant.

Ils ont inauguré le bar juste avant le début de la COVID 19 et quand le « passe sanitaire » est devenu obligatoire, le patron a décidé d'en faire un 'établissement sans passe'.

– On s'en passe !

Qu'il disait.

(Un 'clandé' sans passes, en quelque sorte …)

Le local se trouve rue de Lappe.

C'est pour cela que j'appelle ma copine « *L'Eugénie de la Bastille* ».

Elle a pris l'habitude de me servir le *Bora Bora* ras bord ; je suis donc devenu un client assidu du « Rarotonga », d'autant plus que je pince pour

pour la belle. J'ai osé lui proposer de venir habiter chez moi, mais elle n'était pas très tentée, si tant est qu'elle l'était.

Je venais d'acheter, avec mes éconocroques, un pied à terre avec jardin dans l'Yonne.
Quand j'ai demandé à la copine d'Eugénie :
– Dis, tu viendrais avec moi dans l'Yonne respirer le bon air, Sandrine ?
et que celle-ci n'était pas plus tentée qu'Eugénie *(si tant est)*, *Jo la Frite* – devenu un autre 'pilier' du « Rarotonga » – m'a charrié en rigolant :
– Mon vieux, comme t'es pas né aux Ferres, t'es pas vraiment un cadeau pour ton entourage. Hahahahaha !
– Très drôle mon gars, je ne suis peut-être pas né aux Ferres d'accord, mais toi t'es pané comme une escalope.
Il adore semer la confusion, et se dit « confusioniste ». *(Confucianiste ! Excusez-le, Jojo n'a pas fréquenté l'école de façon assidue ; il aurait dit 'acidulé' d'ailleurs …)*

III

Yorick, mon pote âgé, s'occupe de mon potager. Le pauvre a passé une jeunesse pas très gaie. Le frère aîné est homosexuel et une de ses sœurs n'aime filer qu'avec des filles.
C'était une famille pas très homogène.
– Les homos gênent ; ça crée de sacré tensions !
– Ça gênait surtout son paternel. Il battait son benjamin prétextant que lui aussi fut gay. Alors il fuguait pour de vrai, et de plus en plus souvent, jusqu'au jour où papa l'a placé en internat.
Et ce qui devait arriver, arriva :
Le filou a bâclé la philo du bac.

Je n'aime pas voir mon jardinier habiter tout seul dans cette maison, achetée avec le jardin, mais je n'ose pas trop lui parler de ça :
– Yorick, j'aimerai que …
– Oui ?
– Hhh …

– Tu aimerais … ?

– Tu aies quelqu'un !

– Hein ?!

– Mais oui, que tu ne sois pas tout seul dans cette grande baraque.

– Ouf, tu m'as fait peur !

– Dans une maison il y a toujours fort à faire. C'est une femme, aimant s'occuper d'un inté-rieur, qu'il te faudrait tu ne trouves pas ?

(Je ne dis pas, que c'est pour cette raison-là que Dieu créa la femme !)

On verra, fut sa réponse évasive.

Le ménage n'est vraiment pas son fort à Yorick. Il est plus à l'aise au jardin, taillant les mauvaises herbes et arrachant les arb … d'accord – c'est le contraire ! Aussi, l'invasion des cafards ne se fit attendre. J'étais obligé de lui faire des remon-trances :

– Je ne veux plus de ce capharnaüm à la maison, Yorick, fais quelque chose, s'te plaît !

– Ouais, ouais …

– Qui nettoie, si ce n'est toi, dis-moi ? Tu te mé-nages au lieu de faire le ménage ?

Comme il n'a pas non plus de partenaire pour jouer aux cartes, au lieu de décharger son baril-let, il tue le temps en faisant des réussites qu'il préfère nettement aux échecs. Cela lui fait plus plaisir que le programme à la télé. Ne lui parlez pas de « Question pour un Champion », de « Motus », ni de « Slam » ou de – eh … ehm … cela me reviendra *(c'est comme la soupe à l'oignon).*

– Tous ces jeux télé, jetez-les !

Dit-il. C'est que Yorick est un peu fâché avec les médias, radio comprise. Tenez par exemple l'émission du soir « Le téléphone sonne ». Il me disait : 'À quoi bon répéter chaque jour que le standard est tout vert ? Comme si on voyait les couleurs à la Radio !' Mais il est content que ce soit du vert et non pas du bleu, comme chez Yves Klein *(ou du noir comme chez Soulages ?)* car c'est un fervent écologiste.

Je lui ai demandé :

– Pourquoi es-tu le seul à porter un gilet vert lors des manifs, alors que tous les autres sont habillés de jaune ?

– Ben oui quoi : « Europe Écolos » – gilets verts ! De toute façon j'irai où mes potes iront même fagoté différemment je t'assure.

– Tous derrière Yannick ?

– Oui, Jadot j'adore !

(Il milite, malgré ses limites.)

Un samedi matin, j'arrive avec Eugénie pour passer la fin de la semaine au vert. Nous avons tout de suite senti que quelque chose clochait, car Yorick nous accueillit la mine sombre :

– Vous savez ce qu'il a fait, notre beau salaud de voisin ? Il a traité toute sa parcelle hier au glyphosate !

J'avais déjà remarqué qu'il boitait légèrement, mas là cela ne semblait pas s'arranger :

– Qu'est-ce qui t'arrive mon veux, pourquoi tu boites ?

– J'ai un pléonase.

– Hein ?

– Ben, j'ai un ongle incarné dans la chair et on m'a dit, que c'était un pléonase.

– Si tu veux ; mais cela s'appelle un pléonasme !

– Ben, c'est bien ce que je viens de dire, non ?

– C'est ça. Qu'est-ce que tu es en train de lire là. Fais voir ... Dis donc, t'as envie de te lancer dans la viticulture ?

– Pas vraiment ; pourquoi ?

– Eh ben – on ne parle que de cépages dans ces pages.

Quand je m'étais fait construire un joli bassin pour y planter des nénuphars, Yorick m'a tout de suite fait part de ses craintes :

– Mon vieux, si tu aménages de la flotte stagnante devant ta bicoque, faudra aussi prévoir une flopée de poissons rouges ou quelque jolie carpes koï, si non bonjour les piquouses.

Car des mosquitos, ça y en aura, comme ils disent au Japon.

– Ah les gâteaux !

(gozaïmass)

– Hein ?

– Ça veut dire 'merci' en japonais.

IV

De nature plutôt taiseux, Yorick devient carrément bavard, quand il parle de son clan :
– Toute ma famille proche habite loin, tu sais. J'ai une famille très internationale quoi.

L'oncle Jean, mon parrain, fût forain dans l'Bas Rhin. Comme il exploitait un circuit d'autos-tamponneuses, il se disait 'auto entre-preneur'. Il est marié avec Louisa, une portu-gaise qui ne se plait pas du tout en Alsace. Elle a tellement la nostalgie de son pays, qu'elle écoute des disques d'Amália Rodrigues pendant des heures et des heures. Mais au lieu de l'apai-ser, cela ravive encore son vague à l'âme.
– Ah, je vois : un cas de fado-masochisme …
– T'as pas honte ! Il y a quelques années, est ar-rivé un truc bête à tonton. Roulant tranquille-ment vers Calais pour aller y installer son circuit, il tombe nez à nez avec un panneau routier « Pas

de Calais ». Tu sais ce qu'il a fait, ce corniaud ? Demi-tour ! Finalement, ce boulot est devenu trop fatiguant pour lui et il a fait un léger AVC. Après cette alerte il n'était plus aussi alerte.

Ma sœur ainée Marie était maraîchère, quelque part dans le Loir et Cher, dans un bled qui n'est même pas mentionné sur toutes les cartes. Des bourgeois aisés de la capitale ont fini par racheter – nota bene pour des bouchées de pain – les longères qui longèrent la départementale, en vue de les transformer en résidences secondaires. Des pouilleux dépouillés quoi.
– Dis donc, n'insultes pas ces pauvres gens !
– Bof. Le mari de Marie en fait partie ; un vrai beauf' bas du front. Avant de se décider, les deux vivaient longtemps en amoureux transit.
– Transis, Yorick, en amoureux transis !
– Bref, ils ont quand-même fini par se marier.
– Mieux vaut Plutarque jamais.
– Hein ?
– Non rien. C'est juste un jeu de mots laid pour des gens bêtes.
– Ah bon.
Une fois par semaine Marie vendait ses légumes au marché de Blois. Elle y déployait ses tréteaux

très tôt disant que plus tard, c'est trop tard.

René, son mari, a voulu faire une expérience avec les fraises. Mais au lieu d'arroser – juste pour voir – quelques plants en lisière, il a foutu du lisier sur tout le champ. Il était content de ces belles fraises devenues énormes. Mais, sentant par son propre nez qu'elles étaient proprement impropres à la consommation – car tous ces beaux fruits schlinguaient la merde – il envoyait cette saleté, qu'il avait pourtant épandu de ses propres mains, au diable.

– il n'avait pas l'air un peu courge, avec tous ces pépins ?

– Si.

Il s'occupait aussi d'un petit verger, où poussait surtout des pommiers et des poiriers.

René n'était pas peu fier de ses belles poires qu'il astiquait consciencieusement avant de les porter au marché.

– Un polissaire de comices en quelque sorte.

– Tu ne peux vraiment pas t'en empêcher, hein ?

– Bof …

– Un jour je leur ai rendu visite. Après une nuit agitée, allongé sur leur lit pliant pourri, j'avais très mal aux lombrics.

– Aux lombaires !

– Ah bon ? ... aux lombaires alors. Je pouvais à peine rester debout. Mon beauf' me dit : 'Mais va donc voir Kathy, ma sœur est masseuse ; elle a son cabinet à Blois'.

Une très chic fille cette Kathy, non seulement après ses massages je n'avais plus mal mais ...

– Mais ?

– Il y a eue affinité. À la fois surpris et incrédule *(avec une pointe d'admiration, comme Thierry Lhermitte face à Jacques Villeret dans « Le dîner de cons », vous voyez ?)* le beauf' a commenté :

'Il a niqué la kiné !'

(Cher lecteur et surtout chères lectrices, il ne faut pas en vouloir à Yorick. Il croyait bien faire nous relatant les faits le plus près de la vérité possible. Je dois cependant avouer, que nos deux protagonistes principaux font parfois un peu 'brut de décoffrage' comme on dit dans le bâtiment.)

J'ai vite changé de sujet :

– Il a une autre sœur, non ?

– La chère Claire ; elle occupe une chaire au Collège de France. Elle est tellement belle que j'ai la chair de poule quand je pense à elle ! Paraît, que dès qu'elle se met sous la douche, la température du ballon d'eau chaude augmente.

Pierre, le copain de Claire, est clerc de notaire. Il leur est arrivée une histoire drôle. Un vendredi soir une mémé, excédée, entre comme une furie dans l'étude notariale en criant :

'Ah non, cette fois-ci c'en est trop – je viens tirer les choses au clair !'

La secrétaire, imperturbable, lui répond tout en continuant de taper à la machine :

'Vous n'avez pas de chance Madame il vient tout juste de sortir.'

– Moui … Et Elsa ?

– Ah, ma petite préférée. Elle habite à Vienne en Autriche, mariée avec Michael qui a deux activités principales dans sa vie. Gagner celle-ci en trichant au poker, et aller supporter 'son' club de foot, gueulant à fond à en devenir aphone.

– Ce n'est pas lui qui adorait aussi danser la valse ?

– C'est vrai, j'allais oublier ce détail.

– Pourtant un détail amusant ; il a dansé au bal des débutantes, non ?

– Si. Et il s'énervait quand il y en avait qui ne savait pas trop comment s'y prendre.

– 'Honni soit qui mal y danse', quoi. Mais pour revenir aux joueurs invétérés : Il y en a qui disent, qu'en Autriche on' triche pas …

– Ceux-là font l'autruche, car les Autrichiens trichent bel et bien, même en faisant le faisan.

(*Ça un faisan, mais où est l'bec, Michel ?*)

Cette chère Elsa ! Elle n'arrive plus à se vanter de son époux épouvantable ; un vrai con joint quoi. Il lui arrive d'être très méchant avec elle, appliquant le proverbe chinois à la lettre.

– ... ??

– Ah bon, tu ne connais pas ?

'Faut battre sa femme tous les soirs, même si tu ne sais pas pourquoi, elle le sait !'

(*Le tout en mandarin bien entendu. On va encore m'accuser de misogynie ...*)

– Elsa était mariée une première fois avec un Docteur, si je ne m'abuse ; comment a-t-elle pu tomber ensuite sur ce tricheur méchant ?

– Oh, c'est tout à fait elle, ça !

Pour faire plaisir à son mec, elle a bien voulu jouer une fois au poker, un jeu dont elle a pourtant horreur. Quand elle a gagné il était tout content. 'Super, chérie !' s'était-t-il exclamé (*car il avait appris quelques mots de français sur l'oreiller*). 'Supercherie oui, tu m'as aidé à tricher', a-t-elle rétorqué.

Ils ont finalement compris, qu'ils n'étaient pas faits l'un pour l'autre.

– De l'eau dans le gaz, hein ? Après le 'fesse à fesse', le 'face à face' …

– Oui, mais pas question de divorcer pour Michael ; il préféra prendre une maitresse. Elsa a fini par comprendre son manège.

– Comment s'en est-elle rendue compte ?

– C'est le cafetier qui a cafté. Là-dessus, elle s'est procuré un amant.

– Elle lui a rendu la pareille, quoi.

– Quel appareil ?

– Mais non ; elle a fait comme lui, quoi !

– Ah bon.

– Tu dis tout l'temps 'ah bon', dis donc …

– Ah bon ?

– Y a-t-il un autre médecin dans ta famille ?

– Oui, par alliance ; Roger le mari de ma sœur Berthe. Il est médecin du travail dans le quinzième arrondissement de Paris.

– Serait-ce la preuve que le travail est une maladie ?

– Eh oh – travailler n'a que rarement tué que je sache.

– Oui, mais pourquoi prendre des risques ?

– Roger vient de l'Aquitaine. Il est né à Thouars dans les Deux-Sèvres.

Berthe, qui aime ses beaux-parents comme

les siens, tenait absolument se marier là-bas.

– Alors ils ont fait une super fête à Thouars ?

– Ben oui, comment tu sais ?

– Comme ça. Tu n'avais pas aussi une tante qui s'appelait Adèle ?

– Si, la sœur ainée de papa. Je ne l'ai pratiquement pas connu, car j'étais encore tout petit quand elle est morte Adèle. Paraît qu'elle entretenait pendant des années une liaison amoureuse avec un africain de Libreville. Mais, d'un jour à l'autre, il a disparu de la circulation et ne répondait plus au téléphone. Et elle n'a plus jamais eu de ses nouvelles.

– Il n'y avait plus de Gabonais, au numéro qu'elle avait demandé … Tu m'as dit que tu avais une tante à Sion, dans le Canton du Valais ?

– Oui, Germaine. Ses parents l'ont fiancée de force, mais elle ne voulait pas de ce con promis. Elle a donc foutu le camp à l'étranger et vit pacsée *(ça existe en Suisse, ça ?)* avec un cuisinier chinois. Ils ont ouvert, dans un chalet, un resto qui s'appelle « Le Palais de Chine ».

(Totalement hermétique aux contrepets en français, ces asiatiques ☺).

V

Mon pote, le jardinier, souffre d'un léger syndrome d'Asperger ce qui ne l'empêche pas d'aller asperger les asperges ; ni d'arroser les rosiers d'ailleurs. J'en ai un beau massif devant la maison où Lætitia Casta, à la belle Cuisse de Nymphe, côtoie Ghislaine de Filigonde notre 'Belle du Seigneur'. Juste derrière poussent les 'Blue Girls' Sylvie Vartan et Lili Marleen.

Yorick fait une intolérance au gluten et doit s'interdire totalement toute sorte de gâteaux et autres pâtes au logis comme les poils à la pat ... les pâtes à la poêle, je veux dire.
Il est d'ailleurs persuadé que son malheur commença par une tranche gâchée de gâche tranchée, va savoir. Mais il n'est pas très à l'aise pour en parler ; il a du mal à mettre des mots sur ses maux ... Il a aussi du mal à se faire sa tambouille quotidienne tout seul.

Il se contente d'aller acheter sa bouffe à la superette du coin et raffole du 'Torchon cuisiné au
bouillon'.

Notre voisine Suzette se proposa de lui
faire des crêpes à sa façon. Un peu guérisseuse
sur les bords, elle lui a aussi conseillé des suppo-
sitoires. Mais il ne les trouve pas efficaces du
tout et proteste :
'Ils ont un sale goût, on dirait du savon !'
(*L'aurait-il confondu avec la 'Prise de la Pas-
tille' en juillet 1789 ?* ☺)
Quand sa mère lui disait : 'tu sais Suzy, ta
grand'mère Dolly prend du « Doliprane » tous
les soirs en se couchant', elle lui a caché les ca-
chets.
C'est qu'elle a un caractère autoritaire cette
chère voisine. Elle a inventé moult prétextes
pour être fourrée chez Yorick, jour et nu … non,
pas encore la nuit. Pour tout dire, il commence à
la trouver collante, un peu comme du papier tue
mouches :
– De l'air, Suzie, de l'air, s'il te plait !
Proteste-il ; et la belle qui prend la mouche :
– Oh là là, que t'ai-je fait pour que tu me traites
ainsi ?

J'ai dû la calmer :

– Laisses tomber Suzette il est de mauvais poil, car cette nuit on lui a volé le vélo.

C'était une « Pigeot », une bécane toute neuve, qu'il venait d'acheter sur internet. Le vendeur avait exigé qu'il vienne la chercher lui-même en banlieue. En plus, le type n'acceptait que du liquide ; l'échec des chèques quoi. Venant d'Amazon, Yorick trouvait cette façon d'agir quelque peu cavalière.

Il a eu sa période de fièvre acheteuse pendant laquelle il achetait – achetait – achetait, jusqu'au jour où il n'y avait plus qu'à j'ter – à j'ter – à j'ter, pour vider les lieux et voir un peu plus clair.

Mais notre Suzie a aussi des côtés vraiment sympas. Elle s'occupe de Julie, la fille d'un couple voisin ; ils travaillent tous les deux à Paris. Quand j'ai demandé à Thérèse, la jeune femme, de quoi s'occupait son mari et que j'ai compris 'sérologie', je pensais qu'il était scientifique. Au fait non, il est simplement livreur de pizzas à domicile. Il se fait rémunérer en numéraire.

Nous étions invités pour l'apéro. Ils habitent au troisième et elle était enceinte au septième du deuxième. Pierre, son mari, a le don de ventriloque. Il nous faisait tous rire avec ses imitations de Jeff Panacloc.

Le jardinier tentait une plaisanterie :

– Lui 'ventriloque' – elle 'ventr'en cloque' ...

(Yorick !)

Elle est vachement intéressée par tout ce qui touche de près ou de loin les OVNI. Pierre s'est un temps demandé, si sa femme n'était pas enceinte d'un extraterrestre.

C'est encore Yorick qui se faisait remarquer, s'inquiétant :

– Depuis quand, les 'estraterres' t'intéressent, Thérèse ?

Julie adore Yorick, qu'elle appelle tonton. Suzie l'a envoyé lui rapporter des herbes qu'elle avait emprunté à notre homme au pouce vert. La fillette était toute contente :

– Tiens tonton on te rend ton thym !

Disait-elle joyeusement, lui tendant le bouquet. Remplaçant, en vrai garçon manqué, le garçon qui manquait à ses parents, elle est constamment dehors faisant les quatre cents coups avec Clément, le fils d'autres voisins. C'est un petit mignon 'café au lait' parce que sa maman est africaine.

Son père est pianiste, ce qui fait dire à Yorick :

– Il n'est pas raciste ; il joue autant avec les noires, qu'avec les blanches …

– Oui, mais il est méchant, rétorquai-je.

– Pourquoi ?

– Parce qu'il leur tape dessus, pardi !

Ils ont aussi une petite fille, Esther, qui manque très souvent d'appétit, obligeant les parents à l'encourager constamment par des :

– Mange, Ester !

Le jour où le gamin est tombé, au bout du jardin, dans la rigole ils ont bien rigolé. Les enfants poussaient des cris à effrayer l'effraie qui crèche dans la grange en ruines.

Un été, quand Suzie revenait de vacances sur la côte, elle nous a distribué des friandises achetées sur le chemin du retour :

– Mes amis, je vous ai apporté une spécialité de Montélimar.

Cela tombait à pic, je commençais juste à avoir l'étalon dans l'es … l'estomac dans les talons.

– Mmm. C'est super bon Suzie du nougat. Tu nous gâtes !

Elle adore nager dans la Méditerranée ou se faire dorer, assise sur une pierre au bord de l'eau, observant le balancement des algues au rythme des vagues ou tout simplement se natter les doigts de pieds. *(Hein ?)*
C'est une vraie brune aux yeux bleues, avec une belle voix grave et une peau mate de chez mat, qui profite du moindre rayon de soleil. Elle bronze même à la cave, c'est dire.
(Connaissez-vous la publicité des fenêtres VEKA ? « Un aspect ultra mat au toucher velours » ; voilà Suzie tout craché. [Mais comment ai-je fait pour savoir tout cela ?] ☺ *)*.

En face d'un reptile, elle est tout sauf téméraire ; une peur ancestrale la paralyse.
– Un serpent !
Criait-elle un jour, au bord de l'hystérie.
– Ce n'est qu'un orvet.
Fut la remarque laocoonique de Yorick.

– Pour ceux qui l'ignorent : Laocoon fut un prêtre grec qui voulut empêcher que le cheval de Troie entre dans la cité. Pour le punir, Poséidon envoya deux serpents monstrueux pour l'étouffer, lui et ses deux fils.

Au volant, par contre, la belle est redoutable. Elle m'a emmené une fois dans sa bagnole. Comme elle raffole des sanguines, elle écrase le champignon chaque fois qu'elle approche d'un feu 'à l'orange'.
Pas étonnant, qu'elle collectionne les amandes la coquine !
(Les amendes ! Les contredanses, quoi.)

Notre jardinier aurait aimé apprendre à jouer d'un instrument ; n'importe lequel, même du piano à bretelles. 'Ah, jouer de la musique – jouer de la musique !' Finalement, c'est la musique qui s'est joué de lui.
Il est aussi hyper fan de littérature russe et adore Gogol et Pouti ... Pouchkine *(!)*, mais avant tout, Tolstoïevsky.

Je me suis rendu compte que le confinement, à cause du COVID, commençait à lui peser vraiment. Alors quand les restaurants ont à nouveau accueilli des clients, je lui ai proposé d'aller manger, avec Eugénie et Suzie, dans l'établissement de son choix. Comme il avait envie, depuis longtemps d'une belle pièce de bidoche et qu'il voulait revoir la Bastille il m'a dit :

– Retourner à « Hypothalamus » me ferait vachement plaisir tu sais.

– Quoi ??

Tu dois confondre avec « Hippopotamus » je pense.

– Bof, c'est presque pareil.

(*Tu parles, Charles.*)

Au moment de payer, il y a eu un petit problème :

J'avais oublié ma carte bleue et c'est Yorick qui a réglé la note en me disant :

– T'as qu'à me faire un chèque en rentrant ; j'ai un compte à la Poste Bancale.

– Où ça !?

– Euh … à la Banque Postale !

Tu vois, à force de faire des blagues …

Les deux filles avaient envie de sortir en copines. Pensant me faire plaisir et pour me remercier de notre 'virée bouffe', Yorick a acheté deux billets pour le Stade de France. Malheureusement, je me suis plutôt ennuyé, car c'était un vieux *match* que j'avais déjà vu il y a quelques mois.

VI

Je tenais vachement à reprendre notre conversation concernant la famille de Yorick dont, je me rends compte maintenant, je n'avais que quelques notions. Aussi, à la première occasion, je remettais le thème sur le tapis :

– Tu ne m'as pas dit qu'une de tes jeunes sœurs habitait en Suisse ?

– Oui, à Meiringen dans l'Oberland Bernois. Paraît que c'est le 'village natal' de la meringue ; pourquoi pas.

Mireille est mariée avec Omar, un Suisse dont la mère est originaire du Caire.

– Alors, quand son mari l'appelle, elle répond 'Oui Omar j'arrive' ?

– Quelque chose comme cela.

– Et qu'est-ce qu'il fait dans la vie, cet Omar ?

– Il est avocat spécialisé dans la loi du travail et presque de trente ans son ainé.

– Dis donc, elle aime les avocats bien murs ta

sœurette !

– M'ouais …

Le Conseil fédéral a chargé Omar d'une étude en vue d'une future loi réglant la rémunération des bénévoles par l'État.

– Pour avoir une idée de combien cela coûte aux Suisses ?

– On peut le formuler ainsi …

Mireille et son mari habitent tout près des Chutes du Reichenbach, là où a eu lieu en 1891 la fameuse lutte à mort entre Sherlock Holmes et son redoutable ennemi le professeur Moriarty, à l'issu de laquelle les deux adversaires seraient tombés dans le torrent.

Le célèbre détective aurait alors disparu ; tout le monde croyant ce cher Holmes en loques.

– Tu n'as pas un oncle qui habite la Belgique ; comment s'appelle-t-il déjà ?

– Hippolyte. Je pense qu'on ne l'a jamais vu autrement que complètement soul, celui-là.

Qu'est-ce qu'il écluse comme bière quand il s'y met. Au supermarché ils ont fait cadeau d'une bouteille de « Mort subite » aux acheteurs d'un pack de « Corona » ; tu penses qu'il en a profité, lui ! Il adorait accompagner sa mousse bien fraîche d'un cornet de frites chaudes, couronné de mayonnaise à la framboise.

Ses copains de bistrot l'ont surnommé « Hypo-litre ». (*Pas plutôt « Hyperlitre » ?*)

Sa fille Marianne est judokate. Elle était la plus jeune à combattre aux JO. Quand elle a perdu contre la doyenne des jeux, et qu'il l'a taquiné : 'Tata t'a mis au tatami, t'as vu ?' elle n'a pas apprécié du tout la plaisanterie de son père.

– Et Pierre, ton Oncle globetrotter ?

– Le plus voyageur de nous tous. Il s'était acheté à bas coûts une maison au bord de la mer Caspienne. Mais cela faisait un moment qu'il avait quitté Bacou pour aller s'installer à Cuba.

(*Ici, faut prononcer 'Couba' !*)

Il y a connu une fille qui lui a sauté dans la culotte. Elle lui a mis le gratin d'sus, quoi.

– Le grappin, Yorick.

– Ah bon ? C'était une belle de Cuba qui n'avait pas le cul bas, bien au contraire ! Paraît qu'elle avait une chute des reins à faire pâlir les Chûtes du Rhin. (*A cause de la COVID 19, les greffes des reins ont chutés dans les hôpitaux … Si si, j'ai entendu cela à la radio*). Présumant de ses forces, tonton a dû abuser un peu de 'la chose' si bien qu'il est resté sur le champ de bataille. La fille était vachement emmerdée.

Elle ne savait que faire de son corps sur le mou. Comme c'était au bord de la mer, ils ont essayé de camoufler ça en allocution …

– Hydrocution !

– Ah bon, t'es sûr ?

– Certain.

– Tu sais, là-bas elles vivent souvent en concubinage avec n'importe quel con cubain.

(Là, franchement, je ne vois aucun rapport …)

– Oui. Mais ton oncle était surtout un fameux 'informathematicien' je crois ?

– C'était un 'hackeur' prenant ses activités à cœur. Il paraît, mais je ne sais si c'est vrai ou pas, que c'est lui qui eut le premier l'idée des « enveloppes **T** – pas affranchir » ; c'était un 'pas à franchir', comme il disait.

– Donnes-moi des nouvelles de ton frère Robert qui habite aux États Unis je crois ?

– M'en parles-pas, c'est trop la honte.

– A moi tu peux le dire, je ne le répéterai à personne, tu sais *(et hypocrite, avec ça…)*.

– Eh bien … il est membre du 'Cous Cous Clan' quelque part dans le « Mâche-tes-chaussettes » je crois.

– Alors, parles-moi un peu de ton plus jeune oncle qui s'était fait curé, si je ne me trompe ?

– Oui, Maurice. Comme la famille n'était pas trop d'accord avec ce choix, il préféra quitter Nevers pour aller plus loin.

– Et il est allé loin ?

– Oh oui, du côté de Singapour.

T'imagines, il y a à peine 10% de chrétiens là-bas.

– Ouais, et comme les curés parlent en latin on ne les comprend pas partout ... *(Ouaouh !)*

– Bien sûr il a appris un peu de malaisien avec sa cuisinière. La pauvre avait une coquetterie dans l'œil : le mercredi elle voyait les deux dimanches. Elle rêvait de gagner assez de sous pour pouvoir ouvrir un salon de massage thaï.

Il paraît qu'elle avait tout de suite décelé chez Maurice un manque de foi certain. Aussi elle se demandait, s'il croyait vraiment en Dieu.

– Elle l'a diagnostiqué agnostique.

– ... ?

– Ben oui, quoi !

– Bref, toujours est-il qu'elle voyait en lui un futur client. Mais comme c'était un curé incurable, il était trop bon pour la quitter. Elle a donc pris la chose en main, faisant de lui un prêtre défroqué. Paraît, que la première fois c'était choquant pour chacun. Mais à la longue il était mal à l'aise en Malaisie et il est revenu seul, sans rien dire à personne, habiter quelque temps dans la Mièvre.

– La Nièvre, mon ami, la Nièvre !

– Ah bon ?

– Il valait mieux filer à l'anglaise, qu'un mauvais coton.

– Maintenant il habite Lille, Maurice.

– Mais tu avais aussi une tante Léonie, non ?

– Oui elle crèche du coté de Valence. Dès qu'il avait un nourrisson à l'horizon, elle était là pour accoucher les futures mamans de la Drôme et de l'Ardèche ! Mais ce n'était pas une sage-femme sage. Elle couchait avec des hommes de passage.

– Pas sage, elle a couché entre les accouchements.

– Pas mal … Elle s'était finalement rangée en se mariant avec un marrant, d'une vingtaine d'années son ainé. Un gynéco, veuf, qu'elle avait rencontré dans le dispensaire où elle bossait. Pendant les vacances il repeignait l'intérieur de toutes les boîtes aux lettres de la cité en passant le pinceau par les fentes ; 'pour ne pas perdre la main' comme il disait.

(Ici aussi Toni raconte sans se demander, si des âmes sensibles pourraient se froisser ; il s'en fout

complètement quoi).

– Cela te fait un deuxième médecin dans la famille.

– Tiens, c'est vrai. Même qu'il y en avait trois, si on compte le premier mari d'Elsa.

– Donc, Léonie est devenue sage-femme sage en compagnie d'un homme sage.

– Oh, faut le dire vite ! Ils ont connu en boite un couple d'échangistes avec lesquels ils adorent jouer au pennis en double mixte.

– Au tennis tu veux dire …

– Oui, pourquoi ? Qu'est-ce que j'ai dit ?

– Dis donc, vous n'êtes pas un peu porté sur le sexe dans la famille ?

– Y a d'ça. L'exemple le plus frappant c'est ma nièce Lucie. Elle est vraiment attirée par la bagatelle. T'aurais vu le tollé dans la famille, quand elle disait vouloir en faire son métier. J'avais envie de dire : 'Mais laissons donc Lucie faire !' puis j'ai laissé tomber ; ça les regarde après tout.

Le soir, la petite va aux asperges dans le bois de Vincennes avec une vieille camionnette bringuebalante. Pendant la journée, elle gare son parachute le long de la voie ferrée.

– Son parachute ??

– Eh, je croyais que tu aimais les 'contrepèts'.

47

Un soir, Lulu ramasse dans le caniveau une pe-tite chienne abandonnée.
La pauvre bête est d'une saleté indescriptible ; elle l'appelle illico Monelle.
– Monelle ? Quel drôle de nom pour une bête.
– Faut pas oublier que l'animal était extrême-ment crado ...
– Ah d'accord !

VII

Quand cette saloperie de la *(ou du ?)* CO-VID 19 nous est tombé sur le coin de la gueule, Yorick a commencé – en bon soixante-huitard attardé – par pester contre tout ce que le gouvernement veut nous imposer au sujet du coronavirus, comme les tests par exemple.

– Je déteste être testé !

– Pourtant va falloir qu'on teste, même si on conteste les résultats par la suite, j'trouve.

(Mais 'Môsieur' insiste)

– A quoi bon se frotter les mains avec du gel hydro-alcoolique ? L'alcool, mieux vaut le boire – et sans y ajouter de 'l'hydro', s'il vous plaît ! *(Et l'Hydromel, alors ?)*. Puis, pour se laver les mains, le mieux – nous le savons – c'est le savon, non ? Yorick est aussi complètement contre les picouses, surtout avec le « Desastra-Zenecaca », comme ils disent au « *Canard* ».

– De toute façon, si on doit attraper le CODEVI,

on l'attrape ; point barre !

– Dis donc, t'as oublié de prendre tes médicaments ce matin ?

– Mais quels médicaments ? Je ne prends aucun médicament, moi.

– Ah – Je croyais que ton toubib t'avait prescrit du « FEPALCON 500 ».

– Hahaha – Très drôle !

Confiné comme tout le monde, mon jardinier se sent un peu seul pour faire son *puzzle*. Un jour il m'annonce, fièrement, l'avoir terminé :

– Tu sais, je l'ai fait en un an et trois mois !

– Quoi, tu as mis un an et trois mois pour faire un puzzle ??

– Eh, tu m'excuseras, mais sur la boîte était écrit : « 6 à 8 ans ».

(Celle-ci est excellente mais, hélas, pas de moi.)

– Yorick m'avoua que ces confinements répétés commençaient à lui peser de plus en plus.

(Je dirai même, qu'il n'est pas le seul ...)

Il me disait, avec un clin d'œil :

– J'ai envie de me coincer dans le lave-linge juste pour y faire un tour ou deux. Tu ne crois pas, qu'on était plus pénard en 1986, quand le nuage de Tchernobyl n'osait pas passer la frontière ?

À propos des masques, il y a quelques années notre basque, à Munich, s'était muni d'un masque punique – mais c'était le carnaval. 'Même des inconnues m'embrassaient !' me confia-t-il.

Mais aujourd'hui nous ne nous masquons plus le pourtour des yeux, mais la bouche et le nez, d'où les 'embrassades' impossibles. Se serrer les coudes aussi devient compliqué vu qu'il faut respecter les gestes barrière. Et cela va durer, Chère Madame. Nous risquons de trouver le temps un peu long à la longue. Le « Canard Enchaîné » l'a bien compris, en barrant sa première page d'un :

Alerte coronavirus
Par mesure de précaution, le 1er avril 2020 est reporté au 1er avril 2021.

Textes brefs

Face au monde qui change
il vaut mieux penser le changement
que changer le pansement

Francis Blanche (1921 – 1974)

À la mémoire de Catherine

Notre amie Catherine était constamment à la recherche de l'insolite et à l'affût d'originalité. Elle avait déniché l'endroit où œuvrait et créchait le sculpteur argentin Carlos Regazzoni. Cet artiste loua, en bail précaire, les friches ferroviaires de la SNCF derrière la gare de l'Est. Au joli mois de Mai 2006 nous lui avons rendu visite dans son univers fantastique, où tu tombais nez à nez avec un motard casqué ou un gorille menaçant, et nez à trompe avec un éléphant ! Tous vissés et soudés de bric et de broc. D'aucuns disent que ce n'est pas de l'art. Que penser alors des compressions de César, de l'urinoir de Marcel Duchamp ou, mieux encore, du carrée délimité par des bouts de bois et rempli d'un tas de sable, que nous avons pu admirer une année à la FIAC ? Quant au 'Balloon dog' violet de Jeff Koons, comme dirait notre cousine Martine :

– Là, t'as même pas envie de le photographier tu vois !

Personnellement je trouve les créations de Regazzoni plutôt 'géniales' mais, n'étant pas critique d'art, je mets des guillemets.

Après une visite attentive et amusée de ce vaste foutoir nous avons improvisé avec l'artiste, aidé de sa muse du moment, un dîner composé d'un morceau de bidoche grillé sur des braises accompagné de vin rouge. Le mets était servi sur des assiettes ébréchées sommairement débarrassées des reliefs d'agapes antérieures. Pour terminer ce festin une portion de gâteau maison accompagnait le café.

Quelques années plus tard Catherine, dont je n'oublierai jamais le naturel joyeux ni le rire communicatif, nous entraina un jour d'octobre 2010 à l'un des « 24 concerts exceptionnels chez Pierre Henry ». Un antre, à mi-chemin du palais enchanté et de la maison hantée, nous engloutit. Toutes les pièces étaient truffées de haut-parleurs diffusant sons et bruits étranges. Partout des câbles, consoles et amplis, des prises de courant d'où sortaient des fils électriques, des sculptures hétéroclites, des pans de murs couverts de rayonnages croulant sous des dossiers, livres et boîtes de bandes magnétiques.

Le beau livre de Geir Egil Bergjord « La Maison de Sons de Pierre Henry », illustré de plus de cent grandes photographies en couleurs, donne un bel aperçu de ce lieu insolite. Ils ont eu la bonne idée d'accompagner leur bouquin d'un CD comportant quatre pièces inédites de Pierre Henry. Mais, ici encore, des esprits chagrins déclarent que ce n'est pas de la musique. Personnellement, mais je ne suis pas critique de musique non plus, je ne 'digère' pas moins bien « Capriccio » ou « Miroirs du temps » de Pierre Henry que toutes ces musiques aussi savantes qu'atonales.

A l'issu du concert nous avons pu faire signer le livre et échanger quelques paroles aimables avec le maître des lieux qui était encore de ce monde. Malheureusement, à sa disparition en juillet 2017, le sort de ce lieu insolite a été scellé. Des promoteurs se sont accaparés de cet 'emplacement de rêve' probablement dans le but d'y implanter un immeuble de rapport. Sa veuve a donc dû rendre les clés fin octobre 2018.

Au Musée de la Musique à la Porte de Pantin on

a recréé le studio de Pierre Henry. Mais je doute que l'atmosphère étrange, émanent de ces lieux, ait pu être déménagée en même temps …

Le photographe

Il y a plus de cent ans, aux balbutiements de la photographie, on mettait les bébés tout nus tout crus en scène, assis ou allongés sur une peau de mouton immaculée.

Gérard, reconnu unanimement par les habitants de la ville – et même de certaines familles aisées de la population rurale – comme maître en la matière, possède dans la vieille ville un petit atelier de prises de vue avec un équipement dernier cri lui permettant de composer des chefs d'œuvres. Dans une petite vitrine poussiéreuse, face au monument érigé à la mémoire du fondateur de la cité médiévale, on peut admirer quelques échantillons jaunis de son art. Au fil des années ont défilés, à l'envers sur le dépoli de sa caméra, les petits culs-culs roses de toute la progéniture née aux alentours, depuis les petites filles joufflues, affichant leur tout premier sourire désarmant, jusqu'au aux pleurnicheurs maigrichons voir les éternels grognons.

Ce matin-là on sonne à la porte. Une maman souhaite faire immortaliser sa fifille par le maître des lieux. Elle s'enquière auprès de notre artiste à la tignasse hirsute et à la barbe poivre et sel :
– Cela vous irait, Monsieur, que je vienne vers dix heures et demie avec la petite.
Cela lui irait.

Content de cette commande il commence aussitôt à agencer son outil de travail. D'abord il monte son énorme chambre en bois blond sur un trépied quelque peu récalcitrant puis, d'un vieux coffre aux planches légèrement disjointes, il extirpe l'indispensable peau moelleuse et blanche, qu'il étend soigneusement sur la table basse prévue à cet effet. Ensuite il s'enferme dans la chambre noire afin de préparer les différents bains nécessaires au développement des plaques ainsi qu'à la fixation des épreuves.
Il entreprend tous ces dispositifs 'les yeux fermés'. Pour terminer, il vérifie d'un œil critique le

dispositif d'éclairage.

Ces préparatifs accomplis il bourre sa meilleure pipe et, après l'avoir allumée, se pré-lasse sur le sofa où il se perd aussitôt dans les méandres du bon vieux temps.
Somnolant il sursaute au premier coup de son-nette et, traînant la patte, va ouvrir.

Se trouvant nez à nez avec une maman fringante, avec sa 'petite' qui vient tout juste de fêter ses vingt printemps, il sursaute à nouveau – pour de bon cette fois-ci.

49.3
après l'émotion –
les motions …

Mieux vaut
Noël au Japon
que
Pâques en prison
(Carlos Ghosn)

Je surfe candidement sur le Net lorsqu'une annonce publicitaire s'affiche. La fille a une belle bouche sensuelle et ses grands yeux verts aux longs cils donnent envie de cliquer illico sur le bouton « JE CRAQUE » ...

Le merle

J'adore le merle, ce brillant chanteur aux allures de star. Pendant des années je me réjouissais d'entendre son joyeux babillement qui m'annonçait le printemps. Mais, petit à petit, il a disparu de la circulation, chassé peut-être justement par celle-ci, avec sa nuisance sonore et l'indissociable odeur des gaz d'échappements.
Puis, un beau matin, je l'entends à nouveau chanter ; je crains cependant que son retour ne soit pérenne.

Il pourrait peut-être me dire, où sont passés les familles entières de piafs qui s'égosillaient jadis dans le jardin.
Et les martinets, ces prodigieux voltigeurs aux ailes en forme de faucille et à la queue fourchue, que d'aucuns appellent à tort hirondelles. Eux aussi nous annonçaient, avec leurs cris stridents, le printemps ...

La prairie naturelle

À une centaine de pas de la maison dans laquelle j'ai poussé mon premier cri existait, jusqu'aux années soixante, une petite grange. Un filet d'eau fraîche, acheminée d'une source lointaine, y coulait jour et nuit dans un abreuvoir en pierre. J'étais chaque fois sidéré par la quantité d'eau que les vaches laitières arrivaient à ingurgiter quand elles étanchaient leur soif.

En plein hiver, pendant la traite, nous allions nous réchauffer dans l'étable en compagnie d'une douzaine de bêtes portant fièrement des cornes. Leurs oreilles n'étaient pas encore affublées de ces hideux badges d'identification sans lesquels l'élevage de bovins semble être devenu impossible de nos jours, du moins dans les contrées dites 'civilisées'.
En même temps que le veau nous avions parfois droit à quelques gorgées de lait tiède sorti une

poignée de secondes plus tôt des trayons.

A côté de cette vieille bâtisse, en pierre blanche et bois noirci par le soleil, il y avait un talus assez raide qui montait vers une petite forêt dont les épines des prunelliers nous empêchaient par endroit de franchir la lisière. Dans ce bois, où nous avions l'habitude de jouer aux indiens, poussait des framboisiers sauvages et les arbustes de sureau rouge côtoyaient des plants de belladone avec leurs belles baies d'un noir brillant, aussi appétissantes que toxiques ...

Cette petite prairie en pente, laissé à l'abandon par l'homme toujours à la recherche du moindre profit, n'avait jusqu'ici connu nul traitement chimique ni épandage de fumier. La nature reconnaissante gratifiait donc tous ceux capables de l'apprécier d'une symphonie de couleurs accompagnées de sons et d'odeurs. Coquelicots, bleuets, marguerites, esparcettes et trèfles – accentués de points rouge vif des coccinelles en train de chasser les pucerons – fournirent la palette tandis qu'avec leurs stridulations les grillons et les sauterelles, aidés des abeilles et des bourdons à la contrebasse, furent responsables du son. Le thym sauvage enfin chatouillait, avec son parfum subtil, les narines du rêveur qui s'était abandonné, couché dans l'herbe tiédi par les rayons d'un soleil d'été naissant. Je voudrais ici remercier Déméter de m'avoir fait jadis cadeau de toutes ces merveilles d'une nature laissée à l'abandon et qui ont disparues, depuis, un peu partout.

***

Il y a belle lurette que la grange et l'étable ont cédés leur place à des maisons individuelles. Faute d'herbe les vaches ont déserté les lieux et l'endroit de mes rêveries est devenu un beau potager soigneusement débarrassé de toutes les 'mauvaises herbes'.

Quant au dernier grillon, il est parti sans laisser d'adresse …

Brèves

Rendant visite à sa tante, âgée de quatre-vingt-quinze ans, Adriana s'inquiète :
– Dis-moi, tantine, comment te débrouilles-tu pour faire la cuisine ?
– Ne t'inquiète pas ma chérie. J'ai une 'petite vieille' qui vient m'aider tous les jours.

***

Cette même vieille dame digne se plaint de perdre de plus en plus la mémoire.
– Tu sais ma tante il m'arrive aussi d'oublier …
– Mais, ma chérie, à ton âge je n'oubliais pas !

Grand'mère

En guise de grands-parents j'ai connu en tout et pour tout ma grand'mère maternelle qui tenait une petite épicerie à Berne où elle vendait aux ménagères du quartier des « produits coloniaux » comme on disait à l'époque. Le magasin ne se trouvait non pas dans la Vieille Ville historique – encerclée par cette boucle parfaite de l'Aar aux eaux d'un bleu-vert clair et limpide – mais vers sa périphérie est.

J'ai eu le bonheur de passer, pendant trois quatre étés, une quinzaine de jours chez ce 'Grosi' habitant dans une grande Ville ! C'était pour moi, venant de la campagne, chaque fois un événement. Inutile de dire que j'étais gâté pourri par cette vieille dame gentille habillée à l'ancienne. L'appartement occupé par ma grand-mère au rez-de-chaussée de cette maison de ville construite 'en dur' – quelque peu froid, avec une hauteur sous plafond impressionnante pour un gamin pas plus haut que trois pommes – différait singulièrement de celui, chaleureux, dans la maison en bois que mon père avait fait construire. Mémé faisait sa cuisine au gaz ce qui était totalement nouveau, et même un peu 'magique', pour moi qui ne connaissais que la cuisinière dernier cri que ma mère chauffait au bois. Elle avait une sœur plus âgée et un frère cadet. Le mari de ma tante et la femme de mon oncle étaient aussi issus d'une fratrie. L'ainée donna naissance à des jumeaux et mes parents élevaient également deux garçons. Le petit frère par contre était l'heureux papa-gâteau de mes deux belles cousines citadines. Nullement superstitieux nous étions donc, pendant des années, treize à table lors des repas de fêtes.

Quant à dire ce que mémé nous servit à ces repas serait, après tant d'années, présomptueux de ma part. Je pense toutefois que le fameux 'Plat bernois' en faisait partie. C'est le seul mets typique qui m'a accompagné durant toute ma vie vu qu'il était servi régulièrement le vingt-quatre décembre, jour anniversaire de mon frère. Les haricots verts secs – ma mère les séchait en été, suspendus entre les volets semifermés et les fenêtres entr'ouvertes – en sont un des ingrédients. On les accompagne de pommes de terre bouillies et de la 'cochonnaille' aussi indispensable qu'abondante comme le lard salé, des rondelles de saucisse de langue bernoise à la chaire grossière – qui ne contient pas de langue malgré son appellation – des saucisses fumées d'Emmental et des 'Viennoises', que l'on appelle en France 'Saucisses de Strasbourg', ainsi que des tranches d'un jambonneau ou d'une palette fumée. Ce plat savoureux était arrosé d'un vin rouge de Bourgogne. Les enfants avaient droit à une goutte dans leur verre question de colorer un peu l'eau. Je pense qu'au dessert nous nous régalions de grandes meringues avec beaucoup de crème fouettée et légère. Mais j'ai aussi un très vague souvenir d'une 'cuisine de tous les jours', différente de celle que ma mère élaborait …

Après le déjeuner, nous avions coutume de jouer au loto. Grand'mère allait faire un tour dans son magasin, revenant avec un grand sac en papier rempli de friandises qu'elle distribuait aux gagnants.
J'adorais musarder dans cette caverne d'Ali

Baba aux parfums subtiles et mystérieux, inconnus jusqu'ici de mes narines plus habituées aux odeurs d'herbe mouillée, d'un sous-bois ou de l'étable de notre voisin paysan. Ce mélange de poivre, de curry et de chocolat, me transportait sur les îles lointaines que j'imaginais en lisant 'Robinson Crusoé' ou 'L'île aux trésors', des bouquins parlant de pirates et d'aventuriers pour adolescents.

Quand une cliente venait acheter du café mémé ouvrait le paquet, versait – avec un joli bruit – les grains dans une espèce d'entonnoir au-dessus du moulin électrique et mettait le contact. Se répandait alors l'odeur enivrante de café fraîchement moulu.

Je me souviens aussi du moulin à café de mes parents, rare relique de mes grands-parents paternels, car à la maison les grains étaient encore moulus quotidiennement.

Avec l'âge ma grand'mère souffrait probablement de la maladie d'Alzheimer encore mal connue du grand public à cette époque. On parlait alors plus couramment d'artériosclérose ce qui n'est, évidemment, pas du tout la même chose. Ainsi ma pauvre mamie finissait sa vie à la

Résidence pour personnes âgées, ne reconnaissant plus son petit-fils venu des années auparavant lui chiper des bonbons acidulés en forme de framboises dans ses bocaux en verre.

Friandises

En passant devant le rayon des chocolats aux trois MMM à Thoune des montagnes de cartons remplis de 'têtes de nègres' …
Mille pardons ! Nous n'avons plus le droit d'appeler cette friandise par leur nom originel. Je vous prie de bien vouloir m'en excuser. Mais, depuis ma plus tendre enfance je les appelais ainsi, ces fines coquilles en chocolat, remplies d'une mousse blanche onctueuse très sucrée et fermées en pied par une fine gaufrette, sans arrière-pensée aucune.
Aujourd'hui on les appelle des *choco kiss* même si l'anglais n'est pas encore la cinquième langue officielle de la Suisse, hormis à Interlaken, *'Lucerne'*, Gstaad et sur les passeports helvétiques. Ces *'kiss*-quelque-chose' sont tellement bon pour la santé qu'on les vend par cartons de quarante. C'est très avantageux pour quelqu'un qui veut en faire une cure !

A propos bon pour la santé ; par bonheur les parents ne savent pas toujours ce que leurs enfants font de l'argent de poche.

Nous avons, à Paris et dans les environs, des commerçants tunisiens venus avec femme et enfants depuis leur lointaine île de Djerba pour ouvrir de petits magasins où ils vendent à peu près tout ce dont on peut avoir besoin d'urgence à onze heures du soir quand la concurrence a depuis longtemps baissé le rideau. Notre '*djerbi*' à nous est placé près d'une station de métro, non loin du Lycée Hector Berlioz, en bordure d'une place récemment remise à neuf, plantée et pourvue de bancs plus ou moins confortables. La rue est fréquentée tous les jours par des centaines d'écoliers et de jolies lycéennes se rendant aux – ou sortant des – cours à la recherche d'un coca frais ou d'une friandise.

Ce soir-là un père de famille, sans doute en rentrant du boulot, se fait servir juste avant moi.
– Bonsoir, je viens prendre livraison de la commande de ma fille.
– Trrrès bien monsieur.

Et le marchand commence à tirer de ses bocaux en verre – qui me rappellent ma prime jeunesse et les vacances chez grand'mère – des sucreries diverses :

Un genre de spaghettis, noirs et extrêmement mous – des petits oursons vert pomme en une substance douteuse – des spirales rouge fluo en je ne sais quelle matière, mais comestible sans aucun doute et certainement excellent pour la santé …

Au fur et à mesure que ces douceurs s'empilent sur le petit espace à côté de la caisse, les yeux du père ahuri sortent de plus en plus de leurs orbites.

– Mon dieu, s'écrie-t-il

– je n'aurais jamais imaginé que ma fille mange tous ces trucs dégueulasses !

Brève de lycée

Fin juin 2022 je trouve un *flyer* dans notre boîte aux lettres. Les élèves du Lycée Hector Berlioz, tout proche, organisent *'deux soirées festives'* de fin d'année et s'excusent à l'avance de la *'gêne occasionnée par le bruit'*.

Ainsi, loin d'écouter la « Symphonie fantastique », ces jeunes avouent danser au son de bruits gênants …
Aïe – je sens, que je vais me faire traiter de 'vieux réac' !

Personnellement, je trouve très dommage qu'une majorité de jeunes ignorent cette merveille qu'est la musique classique, passant ainsi à côté d'une des plus belles choses que l'humanité ait su créer ; *(c'est subjectif)*.
Mais, fort heureusement, « Démos » existe …
À propos : La « Symphonie fantastique » (1830) est l'opus 14 du compositeur Hector Berlioz (1803 – 1869).

Brève de générations

Complètement subjuguée une gentille mamie, sexagénaire, regarde son petit-fils, qui vient juste d'intégrer les 'cours préparatoire', jouer adroitement à un jeu vidéo en ligne.

– Dis-moi mon chéri tu crois que je pourrais aussi jouer à ce jeu ?

Après un bref temps de réflexion, la réponse de la chère tête blonde :

– Euh, pas sûr.

« *Fortnite* » live

Le 3 mai 2023 vers les 12h45 j'écoute, comme j'en ai l'habitude depuis quelques années, le « Jeux des 1000 Euros » animé par Nicolas Stoufflet. C'est un mercredi, donc un « Spécial Jeunes ». Le cadet des participants a onze ans. Il dit aimer jouer aux jeux vidéo comme « *Animal Crossing* » ou « *Fortnite* ».
L'animateur s'enquiert :
– Comment marche ce jeu, comment ça fonctionne ?
– C'est un jeu où il faut tuer des gens ! (sic)
Rires dans 'l'assistance publique', comme aurait dit Francis Blanche.
Un quart d'heure plus tard, j'entends les titres du journal de treize heures.
À Belgrade, dans une école primaire, un adolescent de quatorze ans, bon élève, apparemment sans problèmes, vient de tirer sur la prof et ses camarades, tuant un adulte et huit élèves ...

Brève excuse

Petit Jean arrive avec deux heures de retard à l'école. L'instit demande :
– Que s'est-il passé Jeannot ; pourquoi tu n'arrives que maintenant ?
– J'étais obligé d'emmener une vache au taureau m'sieur.
– Dis donc, ton père n'aurait pas pu faire cela ?
– Non m'sieur. Pour ça, faut vraiment le taureau.

Brève coquine

Le 20 juin 2022,
au lendemain du second tour des législatives, on parle de sexualité masculine sur France Inter :
– '… on peut avoir un petit pénis au repos et de belles surprises à l'érection.'

La veille,
certains eurent de belles surprises à l'élection.

Cowca Cola

C'est universellement connu : En Inde les vaches sont sacrées, donc intouchables. Elles peuvent ainsi se balader en pleine liberté, même dans les ruelles des villes, et pisser là où elles se trouvent au moment de l'envie – logique !

Cet état de fait a donné l'idée à quelque membre du groupe « *Rashtriya Swayamsewak Sangh* » (RSS) de chercher une utilisation pour cette pisse qui s'écoule quotidienne- et inutilement par centaines de litres dans les rigoles.
Et ils ont trouvé ! Un 'Soda' fait de pipi de vache et d'herbes aromatiques d'après la pratique d'*ayurveda* une forme de médecine tradition- nelle. Bon marché, au goût agréable, exempt d'éléments toxiques et meilleur pour la santé que ce Coca Cola venant de l'occident. Même meilleur que le Coca zéro (qui n'est rien puisque zéro – c'est zéro).

Je sais cela sonne presque comme une blague d'autant plus que l'on ne dit mot sur la façon de récolter le précieux liquide …

Mais d'après Om Prakash le dirlo du « Département pour la protection des vaches » (si, si, cela aussi existe c'est une branche du RSS) le *'gau jal'*, ce qui veut dire en sanscrit quelque chose comme « Eau de vache », est en pisse – pardon, en passe ! – d'être testé en laboratoire. Et si tout marche comme prévu ce breuvage sera dans les rayons des magasins à partir de 2010.

A votre santé !

PS
J'ai écrit mon texte en 2009. Entre temps, pas mal d'eau a coulé sous le pont Mirabeau et leurs recherches ont dû aboutir puisque en 2023 on nous propose sur l'Internet des dizaines de « *Cow Cola* », « *Gau Jal* » et autres « *Distilled Cow Urine* ».

Effet de serre

Nous, qui croyions naïvement que notre environnement était avant tout menacé par les gaz d'échappements, par le chauffage excessif de nos logements mal isolés, par les trop nombreux vols d'avions à réaction – les trois principaux responsables du réchauffement à l'origine du changement climatique !

Et voilà qu'on nous apprend que le méthane, lâché par nos chers bovins dans l'atmosphère en pétant et rotant, est vingt-huit fois plus dangereux pour l'environnement que le CO_2 et que l'élevage de nos chères vaches participe avec 18% à l'effet de serre contre les 'seulement' 14% engendrés par tous les moyens de transports mondiaux réunis ! La FAO précise en outre, que la production de protéines animales utilise déjà 70% de la surface arable et nécessite 45% de la réserve d'eau potable, que la majeure partie de la production de maïs et de soja sert de nourriture à nos chers 'veaux, vaches, cochons, couvées', que ce cheptel expulse 130 fois plus de merde que nous autres humains et que, de surcroît, ces déjections sont plus riches en azote et en phosphore …

Nous sommes, officiellement depuis le 15 novembre 2022, huit milliards d'êtres humains sur notre petite boule bleue perdue quelque part dans la voie lactée. Déjà chaque sixième ne mange pas à sa faim et au milieu du siècle la population mondiale s'approchera (si toutefois tout va bien !) des dix milliards. Je vois mal l'avenir, si en 2050 chacun de vous exigera encore son *T-bone steak*, sa côtelette ou sa cuisse de poulet.

La Ville de Gand en Belgique a déclaré en mai 2009 les jeudis : '*donderdag veggiedag*'.

Sera-ce suffisant ? J'en doute.

Chico

Abandonnant leur petit à son destin les parents indignes de Chico ne savaient, de toute évidence, pas ce qu'ils perdaient.

C'est mon frère et ma belle-sœur qui les ont remplacés, donnant à ce pauvre petit perroquet nain et déplumé la becquée moyennant une seringue. Ayant le privilège d'habiter une grande cage individuelle dans l'appartement, éloignée de la volière bruyante où ses congénères batifolaient à longueur de journée parmi perruches, canaris et autres inséparables, Chico est devenu en grandissant un petit coquin tout à fait à l'aise en compagnie des humains.

Il avait vite pigé, que le chat noir repu n'avait en fait rien à cirer de cette boule volante, plumée de bleu et de vert, qui aimait se nicher sous les longs cheveux dans la nuque de son père adoptif. Les têtes blondes lui servaient également de perchoir bien que les deux filles de la maison n'étaient pas très rassurées au début.

Si, par bonheur, il était en liberté au moment du repas il adorait se percher furtivement sur la fourchette d'un des convives, profitant du laps de temps de l'assiette à la bouche, pour chiper au passage un morceau d'haricot vert par ci un petit pois par là.

Pendant le cérémoniel du bain sur la table de la cuisine – transformée temporairement en une grande flaque d'eau par le petit baigneur – on pouvait encore mieux apprécier les belles couleurs vives de son plumage.

Mais notre ami n'était pas très doué pour la parole. Il arrivait néanmoins à claironner son nom à condition d'être stimulé :
– Chico, Chico, Chico.

Vulcain
(Vanessa atalanta)

C'était le 30 janvier en l'an 2021 vers les treize heures ; en pleine pandémie du COVID 19 donc. Alors que j'étais accoudé à la fenêtre, face à un soleil encore timide, Vulcain m'a rendu une petite visite. Ce n'était, de toute évidence, pas le dieu romain du feu ni patron des forgerons, qui est venu se poser quelques secondes sur ma main, mais un beau papillon aux ailes noires avec des franges rouges et ornées de taches bleues et blanches. Une rapide recherche sur internet m'apprend que cette brève rencontre n'a rien d'exceptionnel, puisque la dernière génération annuelle de ce papillon passe l'hiver sous forme adulte dans des buissons de lierre ou des greniers. En temps normal il aurait dû faire une température frôlant le zéro et mon visiteur serait resté 'bien au chaud'. Mais, à cause du réchauffement climatique, il faisait ce jour-là entre 12° et 15° C à Paris. Cela lui a donné envie de sortir un peu, question de se dégourdir les ailes.

Cette visite furtive me rappela, si besoin était, les centaines de machaons qui ont vu le jour grâce aux soins quotidiens de mon frère. Nous les avons observés, des étés durant, pendant leur danse nuptiale puis à la ponte des minuscules œufs sur les plants de fenouil cultivés à leur intention. C'était fascinant de voir ces toutes petites 'crottes d'oiseaux' noirs, orné d'une tâche blanche, se changer en grosses chenilles vertes et voraces. Elles venaient à bout d'une belle plante en cinq-sept.
Avant qu'elles ne se transforment en chrysalide il fallait les enfermer, car ces bêtes d'apparence apathique accéléraient et on les perdait rapidement de vue.

Plus tard, sachant l'émergence proche, nous les surveillions attentivement. Néanmoins nous ne sommes jamais arrivés à surprendre une mue imaginale de ces superbes papillons. Nous quittions, juste une seconde, les nymphes pour trouver en revenant l'imago encore tout mou et fripé sorti de sa chrysalide.

Quelques heures plus tard les photographier devenait impossible ; ces lépidoptères farouches s'envolaient à la moindre tentative d'approche.

Au musée

Il y a soixante ans au moins, je ne m'en souviens que vaguement, j'ai visité une expo. Était-ce au château de Blois, ou était-ce dans un musée ? Les visites, guidées d'office, étaient assurées par un gardien en uniforme, casquette comprise. Devant une vitrine, remplie d'ossements en tout genre, notre guide nous explique :

– Ici vous avez le crâne de Henry IV, lorsqu'il était assassiné par Ravaillac. Plus à gauche, messieurs dames, vous remarquerez le petit crâne d'Henry IV à l'âge de neuf ans. Dans la vitrine juste à côté …

Le 13 novembre

Les Japonais, c'est bien connu, sont un peuple aimable et souriant ; sauf peut-être dans certains films d'Akira Kurosawa, mais bon.

Ne voilà-t-il pas qu'ils proclament le 13 novembre « Journée de la gentillesse » (ou quelque chose comme cela) une journée que l'on fête entre temps aussi au Canada et en France.

Donc, si ce merveilleux jour-là, devant la caisse du supermarché, une belle impatiente te demande, affichant son regard de chambre à coucher, de lui céder ta place :

– Je peux ? Je n'ai que trois articles …

Tu recules avec ton caddie en cognant la cheville au véhicule derrière toi (oui – je me suis fait mal !) et là t'as deux fois envie d'embrasser ; la belle derrière toi et celle avec ce fameux regard.

Mais restons sérieux. C'était aussi un 13 novembre, en 1474 déjà, que les Suisses ont battu l'armée de l'État bourguignon à Héricourt. Le hasard a voulu que pile un an plus tard, le 13 novembre 1475, les Confédérés ont botté le cul au Duc de Savoie à la Planta près de Sion dans le Valais. C'était de solides gaillards qui savaient conquérir, puis défendre, leur liberté.

Puis, plus près de nous, Claude Monet achève « Impression soleil levant ». C'était le 13 novembre 1872 à ce qu'il paraît (je n'y étais pas…).
Le 13 novembre 1942 débute la bataille de Guadalcanal dans l'océan Pacifique et ce même jour, mais en 1985, a lieu l'éruption du « Nevado del Ruiz » en Colombie faisant 25'000 morts !
La série d'attentats de 2015 autour du « Bataclan » enfin, nous ôte définitivement l'envie de le fêter ce 13 novembre.

Cover girl

Il avait commis l'imprudence d'en parler à son ami. C'était autour d'un verre au café « Les Éditeurs ». Comme l'ami avait trouvé la fille sur la première page de la revue – qu'il avait 'négligemment' posé à côté de lui – très belle, il s'est confié à son vis-à-vis :

– Tu sais que je suis plutôt 'tête froide' quand il s'agit de femmes mais là …

– Oui ?

– Si je la rencontre je lui demande de m'épouser.

– Tu ne vas tout de même pas tomber amoureux d'une image !

''L'affaire'' en resta là.

Elle fut même complètement oubliée par lui.

Le jour de son anniversaire, lequel coïncide plus ou moins avec la rentrée des classes, ils avaient pris rendez-vous pour aller manger en ville.

À l'heure où son ami devait venir le chercher on sonne à la porte.

Mais ce n'est pas son copain qui le salue avec un sourire radieux non, il se trouve nez à nez avec la fille de la couverture et son cœur bat aussitôt la chamade.

– Bonjour, vous êtes bien Pascal ?

– Eh … oui.

– Moi c'est Léa. Joyeux anniversaire !

Vous êtes prêt ? Nous sommes attendu au café « Les Éditeurs » pour un déjeuner en tête à tête. La table est déjà retenue.

Lors de l'apéro il ose prendre les mains de la belle dans les siennes ; elle se laisse faire en disant :

– Il faut que je vous avoue quelque chose. Je suis mariée et l'heureuse maman d'un petit garçon qui s'appelle Pascal comme vous.

Un hasard étrange, vous ne trouvez pas ?

Le serveur ayant porté l'entrée ils commencent à manger. Après le dessert, en sirotant son café, Léa lui dit :

– J'ai passé un délicieux moment en votre compagnie Pascal. Je vous en prie, n'en veuillez pas trop à votre ami d'avoir mis en scène ce déjeuner. Mais surtout ne soyez pas trop fâché contre moi d'avoir accepté de me prêter à ce jeu.

La boulangère

Il visitait pour la première fois le joli village de Simplon. On y sent bien la proximité de l'Italie, car le village est entièrement érigé en pierre enduite.

Dans le Valais, on élabore un merveilleux pain de seigle au levain, en miches rondes qui deviennent très dures avec le temps. Coupés en fines lamelles – mais il faut être équipé pour ce faire – avec une couche de beurre frais et un bon morceau de '*mutschli*' des alpages, le tout arrosé d'un vin du pays, un « Dôle » de Salquenen par exemple, un vrai régal …

À « Simplon Dorf » donc, il y a une boulangerie qui fabrique ces merveilles réputées bien au-delà des frontières du canton.
Quand il est entré dans la boulangerie pour acheter deux de ces fameuses miches, une

très jeune et belle Valaisanne, avec un sourire radieux aux lèvres, vint le servir. Il commence aussitôt à rêver, un petit pincement au cœur. Qu'est-ce que qu'il pouvait faire, lui qui avait hérité en droite lignée du faible pour le sexe opposé ?

Mais, à quatre-vingt berges, finis les rêves ; il dut se contenter d'un jovial :

– Merci ma belle !

Le « machin »

C'est dans une boulangerie que j'ai fait connaissance avec le 'machin' dont j'ignorais jusque-là l'existence. Comme je manque de monnaie, je tends à la vendeuse un billet bleu. Au lieu de l'attraper la boulangère me montre un appareil. Au bout de quelques secondes, pensant avoir compris, je m'apprête à l'introduire dans une espèce d'entonnoir ; il ne fallait surtout pas ! Je m'arrête à temps et présente mon billet sous un angle différent à la machine, laquelle l'avale goulument. En même temps que quelques menues pièces elle me rend un billet de dix Euros et j'ai l'impression que la vilaine me tire la langue.

J'ai revu ce dispositif peu de jours après dans une pharmacie. N'ayant pas acheté grand' chose, j'ai péniblement fait l'appoint ; mais la pharmacienne n'en voulait pas. Avec le geste de la boulangère elle me désigne le 'machin'.

Or, le *deal* a failli ne pas se faire à cause d'une coupure de courant intempestive. Heureusement le 'jus' est revenu quelques instants plus tard. Je m'étais imaginé que la machine allait me remercier d'avoir fait l'appoint. Mais la politesse se perd ; je n'ai entendu aucun merci et je pense que le 'machin' s'en foutait comme de l'an quarante.

Du coup je me suis remémoré les années soixante (et même un peu au-delà ?) quand nous avions de temps en temps des coupures d'électricité assez prolongées, dues aux grèves des employés de l'EDF...

Brève cruelle

Une maman entre avec son fiston dans une boulangerie.

– Choisis un gâteau mon chéri.

– …

– Allez choisi, mon ange !

– Ben j'sais pas.

– Mais si – allez dis-moi lequel te ferait plaisir.

L'ange a envie de les manger tous …

– Allez fais ton choix on n'a pas que ça à faire.

– Non vraiment j'sais pas.

– Ah bon tu ne sais pas.

Un seigle tranché s'il vous plait madame. Combien je vous dois ?

Brève RATP

Le gamin qu'elle trimballe en poussette me semble quelque peu gâté. Mais cela risque de changer, car la mère est à nouveau enceinte jusqu'aux dents. Elle avait d'ailleurs du mal à monter dans le « 86 » avec la poussette, le chauffeur n'ayant pas trouvé nécessaire de sortir la rampe.

La tête blonde réclame des gâteaux à sa maman laquelle s'exécute illico. Comme son fiston est trop petit pour l'ouvrir elle le fait et tend le sachet avec six biscuits à son rejeton qui les laisse tomber presque aussitôt. Avec difficulté la maman ramasse quelques-uns et tend le sachet à moitié vide au petit :

– Tiens mon chéri. Ces trois-là n'ont pas touché le sol.

Les trois autres par contre, si.

Piétinés par les voyageurs ils sont, petit à petit, redevenus farine.

Paperasses

Les organismes en quête de sous nous relancent tous les mois de façon à ce que les distraits envoient leurs oboles plusieurs fois l'an.

On peut même s'abonner à des dons réguliers avec virement automatique comme pour le gaz, l'électricité ou le téléphone.

Leurs envois contiennent des magazines en couleurs (sur papier couché, que personne ne lit ?), des étiquettes autocollantes illustrées, avec ton blaze en lettres minuscules à la limite du lisible, des stylos fonctionnant mal, des agendas dont tu n'as que faire, des photos d'enfants et de toutous. Le facteur doit donc trimballer cette paperasse et la fourrer dans nos boîtes aux lettres, toujours prêtes à avaler tout et n'importe quoi. Cette littérature, dont on n'a pas vraiment l'utilité, doit être séparée de l'emballage souvent en plastique (ce qui est très écologique) et débarrassée des adresses que l'on ne souhaite voir se balader dans la nature. Il y a tant d'imprimés à jeter que ma commune vient récemment d'organiser un deuxième ramassage hebdomadaire des poubelles 'papiers et emballages'.

Toute cette documentation et leur distribution coûte un fric fou ; c'est toi qui paies. Car, au lieu d'attribuer nos sous aux œuvres pour lesquels ils militent, ces organismes les emploient (en partie seulement, du moins je l'espère !) à imprimer les dit magazines en couleurs.
Les imprimeurs et autres 'Sociétés de routage' sont très contents.
Bon.
Je m'arrête là.
Suffit de faire le vieux grincheux.

Concitoyens

L'autre jour je faisais mes courses à la superette. J'ai eu du mal à attraper un paquet de
six bouteilles d'eau de ma marque préférée, car
tous les packs du devant, donc facilement accessibles – ils étaient au nombre de six, quand-
même ! – étaient déjà entamés. Il y manquait
chaque fois une bouteille, voire deux.

Alors, je me demande comment 'fonc-
tionnent' mes concitoyens. Je trouve que c'est
tellement plus logique (et plus intelligent ?) de
ne pas ouvrir à chaque coup un pack nouveau.
J'ai envie de leur conseiller :
– Soyez donc simplement citoyens !

Bon, comme on va me traiter d'éternel
râleur maintenant, autant vider mon sac (de
poubelle) tout de suite.

Je vais donc 'aux poubelles' avec nos papiers et emballages en plastique à recycler. En soulevant le couvercle jaune, je suis accueilli par un grand sac en plastique gris, rempli d'immondices diverses, le tout couronné d'une peau de banane.

Voilà une autre raison de me demander :
– Comment fonctionnent-ils, mes concitoyens ? Le lecteur attentif sait maintenant ce que j'ai envie de leur conseiller …

« XL »

Laver les carreaux du sol avec des la-vettes plus petites qu'un mouchoir en papier, c'est fatiguant pour ne pas dire autre chose.
Un jour je 'tombe', toujours dans ma superette préférée, sur un paquet de « 80 lingettes XL – équivalent à 160 normales ».
La taille double, mais c'est le Pérou, me suis-je dit. Et hop dans le panier.

Une fois à la maison, ma déception fut assez grande, car j'ai trouvé des lingettes aussi petites que d'habitude, mais dans un paquet qui était vraiment « XL » du coup !
J'ai dû me rendre à l'évidence ; je ne parle pas vraiment la langue des commerçants …

L'orphelin

Il était orphelin dès sa naissance, vu que sa trop jeune maman, orpheline elle aussi, n'a pas survécu à celle-ci et que son gamin de père, quand il a su que sa copine allait lui donner un fils, a foutu le camp sans laisser d'adresse …

Il n'appartenait donc à personne et des riches fermiers se sont occupés de lui dès sa plus tendre enfance pour en faire un ouvrier bon marché. Inutile de préciser qu'il n'a connu l'école que par ouï dire. Pour effectuer les basses besognes on n'a guère besoin de savoir lire ou écrire ni de compter, n'est pas ? Ces basses besognes, il les accomplissait contre un gîte plutôt indigne de ce nom, ainsi qu'un couvert tout aussi sommaire. Ah oui on lui refilait des vêtements dont on ne voulait plus. Des pulls mités avec des trous aux coudes et des pantalons élimés dont le bouton, (conséquence de la bonne chère ?) n'arrivait plus à rejoindre sa boutonnière. Lui par contre était forcé de fixer ces frocs par des bretelles improvisées afin d'éviter qu'ils ne lui tombassent sur les chevilles.

Mais la nature tente parfois à réparer, comme elle peut, ces injustices ; ainsi l'enfant se mua, malgré le mauvais traitement et grâce aux travaux physiques, en un solide gaillard. S'il fallait plus de bras pour manier le fléau sur l'aire de battage on faisait tout naturellement appel à lui. Il était, tel un *'boy scout'*, toujours prêt à sauter illico dans la brèche. Si une vache était en train de vêler, si on avait besoin de quelqu'un de plus pour charger le foin ou si on manquait d'un gars pour réparer une clôture, il était là ! Ainsi passa cette vie monotone et majoritairement triste.

Les fermiers avaient un fils 'légitime' comme on dit. Un bon à rien qui se prenait pour la lumière qu'il n'était évidemment pas. Non seulement moins beau et moins fort il était aussi moins intelligent que notre lascar.
Cependant, l'intelligence la plus brillante ne peut servir qu'à moitié en l'absence totale d'instruction, ne serait-ce la plus élémentaire.

Il aurait bien aimé se marier ; avoir un fils auquel il aurait pu donner l'amour paternel qui lui avait tant manqué. Mais, vu sa pauvre condition aucune fille du village ni des alentours ne voulait de lui. Cupides elles se bousculaient toutes à la porte du riche héritier lequel finit par épouser la plus belle d'entre elles qui n'était cependant pas une lumière ni la plus affectueuse non plus. Là aussi la nature essaye parfois de punir un peu les injustes ...

Prenant de l'âge, il se négligea peu à peu, physique- mais aussi moralement, tombant littéralement en ruine. A cause de sa masure froide et humide il était perclus de rhumatismes lui imposant une démarche saccadée et courbée. Faute d'hygiène et de soins dentaires il ne lui resta sur le tard que deux quenottes. En haut, l'incisive droite, donnait l'échange à la canine gauche trônant sur la mâchoire inférieure.

Peu avant sa mort on l'avait mis à la retraite. Non pas parce que l'on estimait celle-ci méritée, oh que non, mais parce qu'il n'arrivait plus à fournir le travail que l'on exigea de lui durant toute sa pauvre vie d'esclave.

Dois-je préciser qu'il aurait préféré mourir tout de suite plutôt que de se sentir inutile d'un coup lui qui n'avait fait que servir pendant toute son existence ?

***

Je sais j'aurais mieux fait de me taire mais, quelque chose m'a poussé à vous raconter cette histoire.

De toute façon les faits sont prescrits vu que le pauvre bougre a depuis longtemps dit adieu à ce monde ingrat qui s'est moqué si cruellement de lui.

Oraison funèbre
Valenton, 10 décembre 2020

Te voilà, Cher Alain, arrivé au terme de ton errance terrestre. Celle-ci ne devait pas être parsemée que d'évènements joyeux.
Tu as d'abord été privé du cocon familial. Tout le monde t'appelait 'Busiau' ; ceux, que des frères et sœurs, des copains appellent par leur prénom, ne peuvent que difficilement imaginer ce que cela signifie. N'étant pas content de ton sort tu pouvais passer, aux yeux des 'non-initiés', pour un être bourru dépourvu d'humour.
Mais, s'il en était ainsi, te serais-tu abonné au « Canard enchaîné » ? Car tu le lisais, ce canard-là, et de façon régulière.

Heureusement que tu avais tes toutous pour meubler ta solitude. D'accord vous n'étiez pas toujours du même avis quant au déroulement des opérations ce qui t'obligeait à les

111

gronder, ces coquins. Mais tu les aimais bien tes fidèles compagnons qui t'obligeaient à sortir tous les jours qu'il fasse du soleil ou qu'il pleuve des cordes.

Tu aimais les fleurs, gardées par l'écureuil, la taupe et tes nains de jardin. Elles te le rendaient bien faisant éclater devant ta fenêtre leurs couleurs printanières.

Tu aimais aussi le tilleul qui te gratifiait en plein été d'une ombre bienveillante, mais qui obturait par temps sombre encore un peu plus la piètre clarté de ta chambre, te donnant envie d'appeler le bûcheron.

Tu as gagné ta vie en véhiculant la nuit, dans ton taxi, des spectateurs sortant du théâtre ou les mélomanes ayant assisté à un concert mais aussi, vers le matin, des noceurs. Grâce à cette activité nocturne tu as dû souvent 'refaire le monde' pendant les trajets avec toute espèce de contemporains.

Prêt à rendre service tu as vidé durant nos absences estivales notre boîte aux lettres

en encombrant encore un peu plus ta maisonnette, déjà pas bien vaste, avec ce courrier volu-
mineux et – la plupart du temps hélas – inutile.
Je me rendais bien compte que tu étais content
de la bonne bouteille tendue avec nos remercie-
ments, car tu aimais aussi le bon vin et les sucreries ; les bonnes choses de la vie quoi.

Ayant vécu des années durant en voisins
nous sommes venus te dire adieu, Cher Alain, te
rendant à cette terre dont tu es issu.

Repose en paix !

Le Brünig

Ce n'est certainement pas la première fois que cette vieille dame prend le train entre Lucerne et Interlaken. Le jeune couple qui vient de s'asseoir en face d'elle dans la voiture bistro établit facilement le contact et entame une conversation informelle avec la voyageuse qui boit une tisane en tricotant.

Après avoir emprunté le tunnel du Lopper le « Luzern – Interlaken – Express » traverse, sans s'y arrêter, la station Alpnachstad d'où part depuis 1889 le chemin de fer à crémaillère le plus raide du monde à l'assaut du Pilate (2'118 m d'altitude). Les 2'129 m furent d'abord parcourus par des trains à traction vapeur. Depuis 1937 la pente, d'une inclinaison maximale de 480 ‰, est vaincue par des trains électriques.

Nous traversons la contrée d'un des trois

Cantons ayant – selon la tradition – participé au fameux « Serment du Grütli », en 1307, à l'origine de la Confédération Helvétique. Précisons toutefois que le 'Pacte fédéral', proclamant l'alliance perpétuelle des trois communautés de Uri, Schwyz et Unterwald, avait déjà été signé quelques années auparavant, en 1291.

De l'autre côté des baies panoramiques défile un paysage d'été magnifique sous un ciel bleu immaculé. Les Préalpes bouchent l'horizon vers l'Oberland Bernois donnant l'impression de barrer la route au train qui s'en approche pourtant vaillamment depuis le lac des Quatre Cantons. Mais ce petit train, roulant sur voie métrique, à plus d'un tour dans son sac. Après Giswil, ayant longé le lac de Sarnen d'un bleu-vert superbe et entouré de collines verdoyantes, il passe à l'assaut d'un premier dénivelé. Sans avoir fourni d'effort palpable, grâce à la crémaillère, il s'arrête après quelques minutes 213 m plus haut en gare de Kaiserstuhl sur la première marche de cet escalier monumental.

Entre temps, la tricoteuse bavarde a attiré l'attention du couple sur quelques uns des treize animaux, en taille réelle et bois sculpté, qui apparaissent furtivement çà et là le long de la voie ferrée :

– Voilà le renard ...

– Maintenant vous allez voir un cerf.

– De l'autre côté viennent de passer des marmottes.

– Ah oui ... dommage, trop tard !

La précision avec laquelle ces indications fusent force l'admiration.

Les voitures rouge et blanc longent à nouveau un plan d'eau limpide dans lequel se miroitent les montagnes ; c'est le lac de Lungern. À son extrémité sud, le train attaque un deuxième saut jusqu'au « Chäppäli » où il peut se reposer quelques instants en attendant de croiser le train qui descend du Brünig sur la voie unique. Après un dernier petit effort il stationne quelques instants en gare de Brünig Hasliberg, le point le plus haut de la ligne à 1'008 m d'altitude, avant de poursuivre sa route. Nous quittons ici le 'Demi Canton d'Obwald' pour l'Oberland Bernois.

Il y a belle lurette que j'ai terminé ma

bière et la mémé est descendue du train qui commence lentement, en grinçant, sa longue descente vers la vallée où coule l'Aar en devenir. Plus de 400 m plus bas nous quittons brusquement la forte pente pour filer sur une plaine d'apparence horizontale vers la gare de Meiringen où j'échange ma place contre celle d'en face afin de continuer à voyager dans le sens de la marche. Après avoir emprunté sur une centaine de mètres la voie qu'il vient de parcourir le train bifurque et roule à vive allure vers Brienz. Sur la droite on devine le paysage où fut inauguré en 1978 le musée en plein air du « Ballenberg ». On y transplante, petit à petit, des maisons typiques menacées de démolition. Le visiteur a ainsi l'impression de traverser la Suisse d'est en ouest et du nord au sud à pied et en quelques heures seulement.

La gare de Brienz est le départ d'un autre chemin de fer 'de loisirs' vers la station du 'Brienzer Rothorn' à 2'258 m d'altitude, une centaine de mètres en dessous du point culminant. La voie ferrée est munie d'une crémaillère sur la totalité de son parcours de 7,8 km et la dénivellation de 1'678 m lui inflige une pente, allant jusqu'à 250 ‰. À la joie des petits et grands, la majorité des trains est aujourd'hui encore tractée par des locomotives à vapeur.

A l'embarcadère, en face de la gare, attend le « Lötschberg » – le dernier bateau à vapeur plus que centenaire en service sur le lac de Brienz – des voyageurs descendus du train. Puis, notre Express longe la rive droite du lac, en flanc de coteaux, vers son terminus Interlaken Ost.

Le train « *Inter City* » en direction de Bâle, dans lequel je monte pour rentrer chez moi, est pris d'assaut par des Indiens, des Asiatiques et autres visiteurs arabes, descendus depuis les régions touristiques de Grindelwald et de Lauterbrunnen. C'est une contrée truffée de téléphériques, de funiculaires de et chemins de fer pour touristes du monde entier, dont le plus célèbre (et le plus haut du continent !) monte jusqu'au Jungfraujoch, le fameux « Toit de l'Europe » à 3'454 mètres d'altitude.

Tourisme de haute montagne

Le tourisme de haute montagne peut quelque fois être mal appréhendé. Le fait que l'on puisse monter dans une voiture à 570 mètres d'altitude puis descendre, après avoir changé trois fois de train, presque 3'000 m plus haut, peut être propice à des malentendus de la part de touristes étrangers mal renseignés. Ainsi la belle japonaise venant de *'Lucerne'*. Il faisait extrêmement chaud au bord du lac des Quatre Cantons et elle a juste jeté un carrée d'Hermès sur ses épaules nues. Muni d'un épais guide rempli de colonnes en caractères japonais et d'un énorme appareil photo tout aussi nippon elle descend du train au Jungfraujoch, chaussée d'escarpins, ignorant totalement qu'avec des talons si hauts on risque de se tordre la cheville par ici. Après une petite hésitation elle se dirige vers le palais des glaces !

Brève arrêt

Montés dans une gare de la Riviera Italienne nous roulons en train de nuit vers Paris. Lors de l'arrêt prolongé à la frontière, on entend la voix endormie venant de l'une des couchettes supérieures :
– On est où là ?
Après un bref rayon de lumière, l'information nous vient d'une couchette du milieu :
– À *Sottopassaggio* !

Brève SNCF

A Bâle nous nous sommes assis sur les sièges 101 et 102 dans la voiture numéro douze.

Le TGV Lyria file à vive allure vers Dijon où une voix de haut-parleur nous demande gentiment de bien vouloir prendre place dans la rame d'en face. Remue-ménage de grand-mères, bagages, enfants et chiens.

Dans cette 'rame d'en face' nous avons les fauteuils 101 et 102 dans la voiture numéro douze ; même les valises ont retrouvé leur place !

Rien n'a changé hormis l'heure d'arrivée en Gare de Lyon.

Les voies (ferrées !) du Seigneur sont impénétrables …

Sue and Peggy

Elle semble excentrique cette 'vieille dame indigne' parée de tous ces bijoux fantaisies. Deux bagues à chaque doigt et des bracelets par douzaine, des clips surdimensionnés lui cachant la moitié de l'oreille et des colliers qui lui pendent autour du cou. Les vêtements semblent venir d'un autre âge sans parler de la coiffure qui fait vaguement penser à une gerbe de blé.

Elle a consacré toute sa vie active aux jeunes, comme *English Teacher* dans une école privée mais, une fois mise à la retraite, se sent inutile et surtout terriblement seule.
Elle a donc décidé de se rendre à la SPA en vue d'adopter un petit chien ou un chat abandonné auquel offrir son trop plein de tendresse. Sur le point de partir avec un matou son attention est attirée par *Peggy*, une minuscule femelle ouistiti

pygmée, dont elle tombe aussitôt amoureuse. Cette petite bête, aussi intelligente que maligne, a tout de suite compris qu'elle pouvait se permettre pratiquement toutes les bêtises qui lui passaient par la tête. Si, par malchance, elle allait trop loin et que *Sue* était obligée de la gronder la petite bête agile se sauvait sur l'armoire narguant sa maîtresse en faisant d'insolentes grimaces.

Lors des sorties en ville *Sue* aurait aimé promener sa petite protégée en laisse ce qui s'avérait absolument impossible, car *Peggy* avait besoin de la moitié du temps pour enlever son harnais que sa maîtresse passait pour le lui mettre. Et c'est ainsi que la petite bête impatiente, qui ne savait jamais attendre que le petit bonhomme passe au vert pour traverser la rue, fut écrasée lors d'une promenade matinale par un taxi à la bourre ...

Le trousseau de clés

À cause de ces saloperies nommées 'terrorisme' et 'attentat' nous ne pouvons plus entrer dans un endroit recevant du public sans montrer 'patte blanche'. Tout juste qu'il ne faut pas encore enlever ses godasses comme pour embarquer dans un avion. Après avoir fait la queue devant l'entrée du musée, commence le 'Cérémoniel' obligatoire. En vue de passer sans encombre sous le détecteur de métal il faut se débarrasser du porte-monnaie, du bracelet montre, du trousseau de clés ...

Ce jour-là nous sommes allés voir l'exposition de peintures de Amadeo de Souza-Cardoso, un peintre portugais, au Grand Palais. C'était la première grande expo après la mort prématurée de ce peintre moderne emporté à l'âge de trente ans par la grippe espagnole. Il a côtoyé les plus grands peintres de son temps :

Braque, Picasso, Matisse, Kandinsky et Léger. C'était très jouissif de pouvoir découvrir de nos jours (et à notre âge !) la vie d'un peintre majeur dont nous apprécions beaucoup l'œuvre.

En rentrant le soir, devant la porte de l'immeuble, pas l'ombre du trousseau de clés. Zut, zut et zut. J'ai dû oublier de le récupérer après mon passage sous le portique. Quel c ... ! Revenu illico à l'expo, on m'assure que personne n'a récupéré, ni même aperçu, mes clés. Au lieu de leur laisser mon numéro de portable j'indique au préposé celui de notre téléphone fixe au cas où. Mais, lui ayant confié le numéro du fixe, n'importe qui en possession (ou non) de nos clés peut retrouver l'endroit où nous 'créchons' ! Il vaut donc mieux changer les serrures. Coût de l'opération plus de mille Euros.

Vous trouvez que ce n'est pas drôle ? Mais si, mais si, car je me suis baladé pendant des semaines avec mon trousseau, que j'avais glissé lors du contrôle au fond du petit sac en toile noire dans lequel je trimballe les pébroques, pour l'y 'découvrir' des mois après ...

Brève nipponne

Isao, un collègue venant du pays 'Du Soleil Levant', est marié avec une très belle Japonaise douée en pliage d'*origamis* sophistiqués. Elle excelle aussi dans l'art de l'*ikebana*, alors que son mari est davantage attiré par le *saké* …

Un matin il annonce à Nicole, la secrétaire :

– La sœur de ma femme vient d'arriver.

– Ah, ta belle-sœur est là ?

– Non. Elle n'est pas belle !

Rencontres inattendues

Avec Yves nous sommes allé faire le relevé d'un appartement dans une ruelle de Montmartre. À notre grande surprise c'est Hanna Schygulla, l'héroïne de Rainer Werner Fassbinder, qui vint nous ouvrir la porte.

Mais, par manque de temps, nous n'avons échangé que les formules de politesse …

En sortant il pleuvait comme vache qui pisse et nous nous sommes abrités sous un porche qui ouvrait sur une grande cour intérieure. De l'autre côté de celle-ci une jeune femme, hésitante, faisait de même. Voilà que mon collègue fait un saut à la voiture et revient avec un grand parapluie avec lequel il court à la rescousse de la belle. Au bout d'un quart d'heure il revient, seul, me disant :

– J'ai pris rendez-vous avec elle !

Quelques mois plus tard ils étaient mariés …

22 / 10 / 2021

Il aurait fêté ses cent ans ce jour-là Georges Brassens, le merveilleux poète !
Et cela en faisait soixante, presque jour pour jour, que j'ai entendu pour la première fois ses chansons. J'avais intégré l'Agence 'Candilis–Josic–Woods' qui venait d'être sélectionné pour participer au second degré du concours pour la ZUP de « Toulouse Le Mirail ». Pendant ce boulot hivernal et nocturne (je faisais partie d'une équipe travaillant la nuit) au numéro 9 de la rue Christine, nous écoutions des disques 33 tours de Brassens 'en boucle'. J'ai encore et toujours une petite préférence émue pour ces tout premiers poèmes de Georges chantés avec des accords simples et compris immédiatement par tous comme « La mauvaise réputation », « Le gorille », « La chasse aux papillons » ou encore le très beau « Parapluie » pour ne citer qu'eux.
Tout en 'grattant' pour le rendu du concours,

nous étions toute chose 'quand Margot dégrafait son corsage pour donner la gougoutte à son chat'.

Avec Adriana nous avons eu la chance d'assister, en septembre 1966, à un concert de Brassens au TNP avec Juliette Gréco en première partie. Quel plaisir d'entendre, après le « Déshabillez-moi » de Juliette, justement cette « Brave Margot », « La cane de Jeanne » et « Les sabots d'Hélène » *live* !
Et le refrain des 'amoureux qui s'bécotent sur les bancs publics …' nous rappela quelques souvenirs du côté de la place Saint Sulpice.

Agnès

Agnès, étudiante en troisième année de la classe « Dessins de mode », a une très jolie poitrine ; ni trop opulente, genre canon du XIXe siècle, ni plate façon limande.

Ceci n'a pas échappé à sa prof qui l'appelle un soir en fin de cours :

– Agnès, ma chère, j'ai décidé de remplacer nos vieux mannequins par des bustiers un peu plus seyants. Si vous êtes d'accord monsieur Rohmer va faire un moulage de votre thorax. Je l'ai déjà contacté il est prêt à vous accueillir ; qu'en pensez-vous ?

– Excusez-moi madame, mais je n'ai aucune envie de me faire tripoter par ce vieux monsieur. Je suis d'accord, si c'est un de ses élèves qui fait le moulage ; si non, c'est *niet*.

Ayant brièvement réfléchi, madame Sigrist rétorque :

– D'accord, j'en reparlerai à monsieur Rohmer.

Le jour « J » Agnès est en train d'enlever son pull quand Pierre entre dans l'atelier. Depuis un moment déjà elle soupçonne ce beau garçon, beaucoup trop timide pour déclarer sa flamme, d'avoir des sentiments pour elle.

– Salut Pierre. Dis donc, ils auraient pu me prévenir que c'est toi …

– On ne m'a pas dit non plus que c'était toi !

Toujours aussi peu bavard, notre jeune homme fait un peu trainer les préparatifs, profitant d'être seul avec la belle. Quand il commence à plâtrer le buste de l'adorée, la coquine ne peut s'empêcher de le taquiner un peu :

– Tes mains caressent de façon très agréable, tu sais.

Voilà qu'il se sent rougir puis devenir toute chose. La mignonne doit se forcer pour ne pas éclater de rire, en s'apercevant que son soupirant se trouve soudain dans le même état que Georges Brassens, pensant à Yolande …

Le buste d'ébène

Cela devait faire deux, trois mois au plus que j'avais fait, en visitant une exposition à Paris, connaissance avec un buste représentant une jeune africaine en grandeur nature et bois d'ébène poli à merveille.

Quelques semaines plus tard je roule tranquillement, assis dans le « 86 », vers le Quartier Latin. Et voilà qu'une chose, que je ne croirais possible si je ne l'eus vécu, se produisit.

Ce buste, complété maintenant d'un très beau corps muni de longues jambes et de bras finement musclés – comme on en trouve qu'en Afrique subsaharienne – monte à la Bastille et vient s'asseoir juste en face de moi !
Tout y est : le grain, incroyablement fin de la peau, le cou qui n'en finit pas, les lèvres pulpeuses, le nez légèrement épaté ...

Il n'y a guère que le regard de braise, dont la belle a bien voulu me gratifier durant un instant, trop bref à mon goût, que le sculpteur africain n'a su reproduire en taillant son bois.

J'entends à la radio, une énième fois, que nous allons encore cruellement manquer d'eau cet été. En même temps passe, sous ma fenêtre, l'équipe de nettoyage tous gyrophares allumés. J'espère donc qu'ils ne nettoient pas rue et trottoirs avec de l'eau d'Évian !

Rencontre évitable ?

Elle marche plutôt vite. Avec ses longues jambes elle marche même très vite et traverse les rues dans les clous, ses grands yeux bleus attentivement rivés sur le *smart phone*.

Lui est pressé. Il est toujours pressé au volant de sa bagnole. Mais ces yeux à lui sont rivés sur les feux de circulation. Quand ça passe au vert il fonce. Cette malheureuse fois-ci directement dans les longues jambes qui traversent, alors que le petit bonhomme rouge attend sagement …

Envie d'écrire une
« Brève de juges »
qui finit avec :
Jeff de Bruges ?

Brève napolitaine

Gina Lollobrigida organise une séance de signature à Naples.
Une maman se présente avec son petit, lequel lui tend une photo montrant la star.
Surprise, Gina lui dit :
– *Anche tu pupetto !*
– *No pu culo*
fuse la réponse du garnement.

J'ai hésité à l'écrire cette blague, qu'une chère amie italienne nous a racontée, car elle nécessite une introduction presque aussi longue que l'histoire elle-même, laquelle je trouve d'ailleurs excellente.
Tout comme en allemand, en italien le *'u'* se prononce 'ou' et en napolitain *'pu'* (pou !) veut dire 'pour' alors que *'petto'* c'est la poitrine.
– *Anche tu pupetto !* (Toi aussi, mon poupon.)

En réaction
à sa main frappante
elle déposa
une main courante

« La Mouffe »

Au début des années '60, je logeais au 8, rue Mouffetard. Depuis ma fenêtre je pouvais apercevoir la Place de la Contrescarpe, récemment rénovée. De mon temps on y dansait, le Quatorze Juillet, au bal des pompiers. Des guirlandes de lampions suspendus d'arbre en arbre se balançaient dans la brise estivale, tandis que des couples d'amoureux enlacés se balançaient aux sons d'un piano à bretelles.

Non loin de là il y avait une enseigne, que j'ai encore connue en arrivant : le bougnat « Vins et Charbons ». Des bougnats il n'y en a plus nulle part – les jeunes ne savent même plus de quoi on parle ! C'était des porteurs d'eau, originaires d'Auvergne, qui ont progressivement migrés vers l'artisanat du métal (rémouleurs ou chaudronniers) avant de s'orienter vers le commerce du bois et du charbon livré à domicile, et les débits de boissons.

Derrière son zinc la patronne servait le client pendant que le mari livrait les commandes.

– Un p'tit blanc sec, monsieur Jean ?

– Comme d'habitude, M'ame Françoise.

Une fois le tord-boyaux jeté d'un trait derrière la glotte notre homme, dont les mains tremblaient en arrivant comme des feuilles au vent, pouvait à nouveau rouler tranquillement sa cigarette.

Dans la pénombre du fond somnolait le chômeur du troisième étage venu échanger quelques menues pièces, soustraites à la caisse du ménage, contre du gros rouge qui tâche.

Les rues du quartier résonnaient encore du cri du vitrier proposant ses services, le dos lourdement chargé de carreaux aux dimensions diverses. Du cri de l'affûteur aussi, passant avec sa petite meule ambulante à la recherche de couteaux et ciseaux ayant un besoin urgent d'être aiguisé. Et nous pouvions rencontrer le bateleur, conduisant sa charrette tirée par une mule. Sur le véhicule était fixé un escabeau. Une chèvre brune montait les marches jusqu'au sommet sur un petit plateau, pile assez grand pour que l'animal acrobate puisse y poser ses quatre sabots. Ce charmant spectacle était souligné par le son sourd et rythmé d'un tambourin, pendant que la jolie fille du patron passait avec sa corbeille. De temps à autre je filais la pièce au clochard du coin qui passait sa journée, allongé sur la grille du chauffage urbain, en compagnie de sa chère bouteille.

Sous le titre « L'Opéra Mouffe », Agnès Varda a tourné, en 1958, un 'Carnet de notes filmées ... par une femme enceinte' (de Rosalie) en noir et blanc, avec une musique de Georges Delerue qui colle de façon admirable à l'image. Outre un très beau couple d'amoureux à poil, Agnès nous présente le portrait de petites gens, d'ivrognes, de commères et d'enfants masqués qui fréquentaient alors la rue Mouffetard, entrecoupés de séquences étonnantes de natures mortes, nous montrant les légumes familiers sous des aspects étranges. Mais elle a bien changé ma rue Mouffetard. A force de transformer ses commerces de proximité en bistrots grecs, restos indiens et autres établissements proposant de sushis industriels décongelés, elle s'est transformée, petit à petit, en rue Bouffetard !

Où il est question de fromages

Presqu'en face de ma chambre il y avait une crèmerie donnant sur la Rue Mouffetard. Chaque fois que je passais devant je prenais des odeurs de fromage plein les narines. Il y avait une telle multitude – avec des noms qui sonnaient étranger à mes oreilles helvétiques comme 'Le Crottin de Chavignol', 'Le Claquebitou' ou 'la Fourme d'Ambert' – que le choix devenait difficile. On pouvait même acheter un fromage au nom sonnant comme celui d'une favorite : 'La Rigotte de Condrieu'. C'est simple je n'en connaissais à peu près aucun. Il n'y avait là ni Emmental ou Gruyère (si non du jura) ni de l'Appenzell et encore moins du *'Tilsit'*.
J'ai tout de même fini par y entrer. Un patron souriant me souhaita le bonjour et comme mon regard fut attiré par un camembert je me lançais :
– Je voudrais un camembert s'il vous plait.

– Très bien monsieur. Je vous en donne un pas trop mûr ou préféreriez-vous celui-ci ? Il est fait à cœur !

– Euh ???

– Vous êtes amateur ?

Alors là j'étais piqué au vif ! Chez nous l'amateur est un 'non professionnel' – c'est donc un tout petit peu péjoratif. Mais bon, là je venais d'entendre le sens primitif du mot.

J'optais pour un très mûr et depuis ce jour-là je fais partie du club des « Amateurs du Camembert fait à cœur », élaboré avec du lait cru et, si possible, moulé à la louche !

Oui, celui qui vient à ta rencontre en 'chlinguant' un peu – c'est obligatoire !

Dans les rues du Paris d'antan

En face du Centre Pompidou, en haut de la 'Piazza', nous nous sommes souvent arrêtés pour écouter Claude Reboul chanter, avec sa voix de stentor accompagné de son orgue de barbarie, les vieilles chansons de Paris. Et nous avons acheté son bouquin au texte truculent, truffé de mots d'argot, où l'on apprend plein de choses sur le peuple des rues du Paris d'antan. Au début de son livre – « Piazza Beaubourg » 'les tribulations du saltimbanque' (Dagorno 1993) – se trouvent quelques phrases qu'il avoue avoir chouravé dans un bouquin de Massin « Les Célébrités de la rue » (Gallimard 1981). Massin l'avait à son tour piqué dans l'œuvre d'un certain Charles Yriarte qui avait pour titre « Les Célébrités de la rue : Paris 1815 à 1863 » paru en 1864. Alors je me suis dit, puisque nous sommes entre chapardeurs et que cela tombe à pic ici : "Demain, il sera trop tard pour écrire un pareil livre : Les ingénieurs seront venus, la « Cour des Miracles » est expropriée pour cause d'utilité publique. Adieu la gaîté de nos places, adieu les vêtements bariolés, les chansons étranges, les dentistes de plein air, les musiciens ambulants, les philosophes, les bâtonnistes, les maniaques, les visionnaires, les vielleuses, les bouquetières. Je vous jure, messieurs les édiles que Paris s'ennuie ; il a la nostalgie du pittoresque.''

Ces dentistes de plein air, vielleuses et autres bouquetières, moi non plus ne les ai pas connus, car nous sommes 'demain' depuis un bon bout de temps déjà et il est définitivement trop tard !
Cependant nous avons encore pu applaudir, incrédules, ce bateleur qui 'rangeait' une à une un paquet entier de lames Gilettes dans sa bouche et le fakir qui faisait briller des ampoules électriques en les frottant sur son corps luisant. Les cracheurs de feu aussi et les Hercules au torse nu, qui se faisaient saucissonner avec des chaînes par de ravissantes créatures, et qui s'en libéraient ensuite (des chaînes !) en cinq-sept.
Et il y avait cet avaleur de sabre qui s'enfonçait lentement une épée, longue comme le bras,

dans l'œsophage devant des spectateurs à la bouche ouverte.

Mais il y a belle lurette, que la plupart des représentants de ce petit monde sympathique a été remplacée par des grappes de 'touristes en masse' le nez collé sur le smartphone à la recherche d'un *fast-food*, lunettes de soleil sous chapeau de paille et fesses dignes d'un Botero débordant des shorts aux motifs de fleurs exotiques. Heureusement des cinéastes comme Agnès Varda ont fixé sur pelloche certains de ces saltimbanques comme cet 'avaleur de grenouilles' dans « Cléo de 5 à 7 » (1961).

Paris vu par

« Paris vu par » (1965) est un film à sketches de la Nouvelle vague, tourné par six cinéastes différents. Il nous montre le Paris que j'ai connu lors de mon arrivée.
Notre scène préférée, réalisée par Jean-Daniel Pollet, s'appelle « Rue Saint Denis ».
Léon (Claude Melki) à la tronche pas possible, plongeur dans un bistro du coin et timide maladif, monte chez lui avec une fille 'légère' joué par une Micheline Dax inoubliable. Le décor est d'une justesse inouïe jusqu'au portrait jauni de l'aïeul qui donne l'impression de surveiller constamment la scène depuis son cadre ovale. Mais au lieu d'aller au pieu notre couple bouffe des spaghettis. Faute de biceps notre Don Juan n'arrive même pas à ouvrir la bouteille de rosé et c'est la fille qui fait sauter le bouchon !
La scène où Léon veut poser une devinette à la prostituée est un morceau d'anthologie.

Léon :

– Hier à la radio j'ai entendu une devinette – je vous la fais ?

– ...

– Quelle est la différence entre Bécon les Bruyères et Florence ? (On entend un tango à la radio).

– Je n'en sais rien, moi.

– Eh bien voilà. C'est que ...

à Bécon les Bruyères ... à Bécon les Bruyères ...

– Ça vient, oui ? (Elle a dû poser cette question souvent, mais dans d'autres circonstances.)

– À Bécon les Bruyères (*toussotements*) à Bécon les Bruyères ce'est pas comme à Florence.

– Tiens, c'est curieux. Je vais te la dire, moi, la différence. A Bécon les Bruyères il y a des filles qui s'appellent Florence, mais à Florence il n'y a pas de filles qui s'appellent Bécon les Bruyères.

D'autres quartiers de la capitale sont également à l'honneur. Il y a le vendeur de chemises, bon chic bon genre, du XVI°. À cause de l'énorme chantier du RER « A » il doit contourner chaque jour par deux fois la place de l'Etoile. Il croit avoir tué accidentellement une espèce d'énergumène avec son parapluie, jusqu'au jour où ils se rencontrent de nouveau dans le métro.

On peut aussi suivre une histoire d'amour passagère qui se déroule au quartier de Saint-Germain des Prés, avec la bohème des étudiants aux Beaux-Arts et les appartements chics 'sous les toits', juste en face de la coupole de l'Académie Française.

Et il y a cette famille bourgeoise du seizième joué par l'excellent couple Audran – Chabrol. Sous l'œil vif et amusé de leur gamin le père fricote avec la bonne. Les parents n'ont manifestement plus rien à se raconter et se chamaillent pendant les repas, seuls moments où ils sont tous les trois réunis.

Le canal Saint Martin

Le canal Saint Martin fut inauguré en 1825. Il relie le bassin de la Villette au port de l'Arsenal situé 25 m en contrebas nécessitant ainsi neuf écluses et deux ponts tournants sur son parcours de 4,55 km. Appartenant à la Ville de Paris, celle-ci se voit contraint de procéder au « Chômage » régulier de cet ouvrage, classé monument historique en 1993.

Ces travaux de 'mise à sec' pour nettoyage commencent par le sauvetage des gardons, perches et autres sandres, restés prisonniers dans des trous d'eau. Lors de leur dernière intervention en janvier 2016, les ouvriers ont 'découvert', entouré d'une nuée de mouettes affamées, une centaine de « vélib », des machines à laver et autres ustensiles de cuisine hors d'usage, des scooters, caddies, vieux pneus et énormément de bouteilles ; en tout 300 tonnes de déchets.

Ceci prouve le haut degré de civisme dont les Parisiens font preuve ; ils ne déposent pas leurs déchets au coin de la rue à la vue et au su de tout le monde risquant pardessus le marché de gêner le passage ! Au fond de l'eau on ne les voit pas et ils ne gênent personne ...

Une fois débarrassé des dits déchets la boue noirâtre et malodorante doit être acheminé sur d'énormes camions spéciaux vers le centre de traitement à Rouen ce qui coûte à la Ville la bagatelle de 9,5 millions d'Euros.

L'Hôtel du Nord

Nous avons fait visiter à des amis de passage les bords du canal Saint Martin aux environs de « L'Hôtel du Nord ».

Le chouette film du même nom de Marcel Carné (1938) n'a cependant pas été tourné à cet endroit, mais dans des décors mis en place par le génial Alexandre Trauner dans les studios de Boulogne-Billancourt !

Peu importe. Nous étions tranquillement accoudés à la balustrade du célèbre pont en dos d'âne non loin de l'endroit où Arletty se fait traiter d'atmosphère' par Louis Jouvet. J'aperçois soudain, au milieu du canal, une voiture en train de couler lentement avec une jeune conductrice affolée au volant. Un gaillard était déjà en train d'ôter sa veste avant de faire un élégant plongeon dans l'eau glauque pour aller sauver la belle qui avait mis la 1ère, au lieu de faire marche arrière !

Nous sommes restés jusqu'au moment où les pompiers ont retiré, avec une grue mobile, la bagnole dégoulinante des flots.

J'aurais pu faire un reportage photo de l'événement – si j'avais emmené mon appareil. En 'vrai photographe' je ne me serais pas séparé de mon outil de travail. Mais, il y a quarante ans, on ne se baladait pas encore partout, son smartphone 23 méga pixels en poche, pour faire des *selfies* devant les monuments de la Ville. Généralement tu avais un but précis pour lequel tu emmenais ton matos qui pesait, avec le trépied et le téléobjectif, un poids certain. Tu avais chargé ton appareil d'une péloche de 36 vues, chèrement payé (développement non compris) et réfléchissais par deux fois sur l'opportunité de l'image avant d'appuyer sur le déclencheur.

Aujourd'hui, 'prendre' une photo coûte zéro centimes ; la photo elle-même ne vaut souvent pas plus d'ailleurs …

Mobilier urbain

Cher lecteur, j'ai envie d'attirer ton attention sur un 'meuble urbain', installé en 1834 (et en 478 exemplaires !) par le Comte Rambuteau, alors Préfet de Paris. Je veux parler des vespasiennes, ces lieux d'aisance métalliques à l'air libre et à l'eau courante, qui se signalaient néanmoins aux promeneurs par une forte odeur d'urine. Leur dernier représentant, peint en vert bouteille, se trouve (ou se trouvait ?) au 75 boulevard Arago dans le XIV° arrondissement.

Cependant, ces installations n'étaient pas accessibles à la gent féminine ! Jamais envie de faire pipi en ville ces dames et demoiselles ?

Mais j'y pense : il y a presque deux cents ans, les femmes ne se baladaient pas tellement dans les rues ; à moins que je ne me trompe ...

Abstraction faite des relents d'urine, ces pissotières avaient tout de même une certaine allure je trouve. D'accord, c'est subjectif.

Elles ont été remplacées par des sani-settes en inox et béton moulé. Installées dès 1980 par l'incontournable « JCDecaux », elles sont utilisables par tous, contre une obole.

Je veux aussi parler des « Fontaines Wallace », distribuant aux endroits stratégiques de l'eau potable aux assoiffés n'ayant pas le temps, ou les moyens, de se payer un demi en terrasse. Elles ont été financées par le philanthrope Richard Wallace à la fin du XIX° siècle et sont repeintes depuis régulièrement dans le même vert que les 'pissotières' ci-dessus mentionnées, sans doute parce que l'une n'allait pas sans l'autre ...

En 2011, Paris comptait encore 120 de ces fontaines, tous types confondus. Les plus célèbres sont, sans aucun doute, celles connues sous le nom de « Fontaines à Cariatides » et dont on dénombre encore 95 exemplaires dans la Capitale.

L'art maniaque

Le promeneur attentif, marchant nez en l'air au lieu d'avoir les yeux rivés sur le 'crottoir' – afin de prévenir une éventuelle chute en glissant sur une merde de chien – ce promeneur-là donc peut encore, avec un peu de chance, découvrir sur un vieux mur délabré le dessin délavé d'un petit bonhomme noir au chapeau melon levant son verre à la santé des passants et louant les vertus de

DUBO
DUBON
DUBONNET

Cette publicité fut dessinée par Cassandre, un célèbre graphiste né en Ukraine et travaillant à Paris, principalement pendant la première moitié du vingtième siècle. Nous lui devons des affiches superbes. Parmi les plus ex-

pressives on peut citer celles pour les paque-
bots 'Normandie' ou 'Statendam' et de la Compagnie du Chemin de Fer du Nord, 'Nord express' et 'Etoile du Nord' par exemple.

Puis, pendant des décennies, des ta-
gueurs anarchiques et plus ou moins anonymes
se sont crus autorisés 'd'embellir', avec des dessins d'une beauté souvent douteuse – ou compris que par des initiés – n'importe quelle surface libre. Même les bébés des publicités pour le
savon 'Cadum', pourtant loin d'avoir la classe
des œuvres de Cassandre, 'passent' mieux aux
yeux de notre promeneur attentif.
Dans « Domicile conjugal » (1970) un film de
François Truffaut, on aperçoit ce bébé sur une
affiche à la station Barbès-Rochechouart.
On y voit aussi un escogriffe hésitant, en imper
beige et armé d'un parapluie, qui ne sait dans
quelle voiture monter, et qui n'est autre que
Jacques Tati en personne !

Dernièrement de grandes et souvent
très belles 'fresques' « Street art » ont commencé par embellir des pans de mur entiers. En
mars 2019 j'en ai photographié une, face à la

sculpture-fontaine « Igor Stravinsky » de Jean Tingueli et Niki de Saint Phalle, à côté du Centre Pompidou. C'est un visage expressif faisant de gros yeux. L'index vertical devant la bouche, nous impose « Chuuuttt ». L'œuvre est de Jean-François Perroy, mieux connu sous le pseudonyme bien trouvé de Jef Aérosol.

Le Carrefour de Buci

À midi, par beau temps, nous mangions à la « Petite Source » une 'saucisse frites' en buvant un demi Kronenbourg. La terrasse donnait sur le Boulevard Saint-Germain ce qui nous permettait de regarder passer les filles en mini-jupes.

Nous fréquentions aussi un tout petit bistro, un genre de couloir d'entrée, donnant sur la rue de l'Ancienne Comédie. Il y avait juste la place pour une rangée de petites tables – avec deux chaises en vis à vis – le long d'un mur, laissant un passage le long de l'autre. Frites et grillades se faisaient en limite du trottoir par un employé tandis que la patronne, faisant la serveuse, criait du fond de 'l'établissement' les commandes :

– Une godasse !

– Un jus de vache !

Cette 'godasse' indiquait au cuistot que le client était touriste et qu'il fallait laisser le steak sur les

braises jusqu'à ce qu'il ait la consistance d'une semelle de cuir. Un jour Bernd, quelque peu fâché avec la langue de Molière, a commandé :
– Un steak bien cuit avec des *'fritz'* …
Il n'en fallait pas plus pour que la commande fuse :
– Un 'complet frites' – allemand !
Elle avait un organe de diva d'opéra et je pense qu'on l'entendait jusqu'au carrefour de Buci.

A ce propos : J'ai récemment remarqué qu'on avait rebaptisé ce carrefour en 2018. L'endroit, où se rencontrent cinq rues du VIe arrondissement, s'appelle maintenant :
« Place Louise-Catherine Breslau & Madeleine Zillhardt ». Ce couple d'artistes franco-allemand vivait 'à cheval' sur les 19° et 20° siècles, l'une était artiste peintre et l'autre 'écrivaine'. C'est une des féminisations que je n'aime pas trop.
Comme aurait dit Georges Candilis avec son plus bel accent grec :
– Tout change, tout devient autre chose.
Effectivement, car j'ai connu cette rue de Buci presque déserte, avec quelques commerces de proximité à savoir des traiteurs, fromagers et pâtissiers - boulangers, vendant de la bonne

bouffe.
Il y avait aussi une bouquinerie dite 'de gauche',
« La Librairie du Globe ».

Mais aujourd'hui, par beau temps, tu ne
circules plus que difficilement sur les deux trottoirs tellement ils sont encombrés de tables et
chaises des bistrots qui ont remplacé petit à petit les commerçants, sans parler des touristes
qui vont évidemment avec. Et je me demande
naïvement de quelle façon tous ces établissements ont obtenu les autorisations nécessaires
pour occuper ainsi l'espace public ...

Attention :
Ne pas confondre avec le « Carrefour Debussy », lequel
n'existe que dans mon imagination ☺ !

'Pestacles'

Nous assistions, le 8 décembre 1993 à l'Opéra Garnier, à la dernière représentation de « Picasso & la Danse », avec le Ballet de l'Opéra de Paris. Le spectacle était scindé en trois tableaux.

Dans « Le Train Bleu » nous étions d'emblée projetés dans l'entre-deux guerres. Les danseurs, habillés en sportifs de 1924, se mouvaient d'après un scénario de Cocteau au son d'une musique de Darius Milhaud – avec Clotilde Vayer en championne de tennis.

Dans « Le Rendez-vous » il était question d'un assassinat. Changement radical du décor. La plage éblouissante sous un soleil radieux fut remplacée par un coin de rue nocturne, éclairé chichement d'un candélabre, et la cabine de bains blanche céda sa place au pont levis de la rue Crimée – le tableau était glauque. Les danseurs avaient troqué leurs costumes de bains bariolés contre des habits stricts en noir et blanc. L'étoile Marie-Claude Pietragalla m'impressionna en 'Plus belle fille du monde' se mouvant, sur une musique de Joseph Cosma, dans un décor où le noir prédominait.

« Tricorne » par contre, avec la belle musique de De Falla, m'a laissé bien moins de souvenirs ...

***

Le 31 décembre 1996 nous avons assisté, à l'Opéra Bastille – inauguré quelques années auparavant – à l'une des vingt représentations de « *Porgy and Bess* » dans une production du « *Houston Grand Opera* » avec de magnifiques chanteurs noirs américain. C'était sublime ! Dès le lever de rideau le spectateur se trouvait transporté dans la chaleur moite d'une nuit d'été à Charleston en Caroline du Sud. Ici encore est question d'amour, de haine et d'assassinats, éternels sujets de spectacles ... Cette soirée à fait renaître en moi le souvenir du film d'Otto Preminger que j'avais vu à Zürich en 1959 avec la sublime Dorothy Dandridge – dont nous étions tous un peu amoureux à l'époque – interprétant Bess avec Porgy joué par Sydney Poitier.

***

Un lieu étonnant de théâtre, les « Bouffes du Nord », se trouve à la Porte de la Chapelle. C'était, à l'origine, un 'Café-Concert' construit sur les fondations d'une caserne, dont le projet avait été abandonné. Inauguré en 1876, le théâtre fut à son tour délaissé et menacé de destruction. Le rachat en 1969 par un entrepreneur italien empêcha sa démolition. Après une remise en état minimale – laissant intact ce fond de scène aux nuances de rouges indescriptibles – la salle est à nouveau fonctionnelle ; depuis 1974 sous la direction de Peter Brook.

La projection dans ces lieux austères du film « Carmen » de Francesco Rosi, avec Julia Migenes Johnson dans le rôle principal, nous laissa un souvenir inoubliable.

Un soir nous étions, assez inconfortablement, installés en attendant une représentation avec Sami Frey (était-ce dans 'L'Ecclésiaste', en 1995 ?) A peine dix minutes après le début la nuit noire s'empare de la salle. Il ne restait que les lueurs vertes des blocs autonomes 'sorties de secours'. Ce soir-là nous nous sommes couchés sans avoir vu de spectacle ... Nous avons eu droit à une représentation supplémentaire en matinée plus un billet pour une autre pièce de notre choix. C'est aussi aux « Bouffes » que nous avons applaudi – dans une salle comble et en délire – Fellag dans son 'Djurdjurassique Bled'.

Dîner au restaurant du théâtre avant de rejoindre nos places nous mettait en condition pour apprécier le spectacle. Nous y avons bavardé un soir avec une Silvie Testut enceinte jusqu'aux dents. Nous l'avons revu en 2003 dans le film d'Alain Corneau « Stupeur et Tremble ments » d'après le livre d'Amélie Nothomb.

C'est si bien adapté – et joué ! – que l'on finit par se demander, si le film est fait d'après le bouquin, ou si c'est l'inverse.

Nous aimions aussi manger au resto du « Théâtre du Rond-Point » dans cette même ambiance 'd'avant ou après spectacle'. En y dînant un soir, nous avons eu la surprise de côtoyer à la fois Jean-Pierre Marielle, Michel Piccoli et Jean Rochefort ...

Brève teutonne

Deux combattants de la Wehrmacht qui ont participé à l'occupation de Paris viennent revisiter la Ville Lumière peu de temps après l'armistice. Malgré leur tronche de teutons ils préfèrent se faire passer pour des anglais.

A l'heure de l'apéro ils entrent dans un bistrot et commandent à la serveuse :

– *Two martinis, please.*

– *Dry ?*

– Nein zwei !

Au cinoche

Nous nous trouvions un jour au cinéma « Le Brady » boulevard de Strasbourg. C'était la seule salle qui projetait le film que nous voulions absolument revoir. Pour le prix d'une entrée tu avais droit à deux long-métrages à la suite, confiné pendant quatre heures dans une ambiance douteuse. Cela sentait le clodo pas lavé en train de coincer sa bulle deux rangs plus loin. A la sortie, dans le Passage Brady, nous nous trouvions brusquement en plein milieu d'un marché indien ; c'était Calcutta au Xe arrondissement. Le contraste entre la fiction du film et la réalité de la rue m'empêcha d' avancer. J'étais obligé de rebrousser chemin !

***

Au XVIe arrondissement le cinoche le plus près de notre logement s'appelait « Auteuil Bon Cinéma ». Le bâtiment était discrètement tapi au fond d'un parc abritant les 'Apprentis d'Auteuil'.

C'était une vraie salle à l'ancienne, avec un prix réduit pour les cinq premiers rangs. Muni d'une lampe torche l'ouvreuse, une vieille fille au chignon impeccable, plaçait les spectateurs contre une petite obole. L'écran était couvert par un rideau en calicot peint comportant des publicités pour des magasins et artisans, principalement du XVIe arrondissement. Parmi les spots publicitaires, projetés avant les actualités, je me souviens de toute une série pour la 'Samar' dont certains étaient très réussis.

Imaginez un vendeur à la triste mine dans un magasin minable devant des rayons à moitié vide ; entre un client :

– Bonjour, vous avez des pinces crocodile ?

– Non monsieur, ni pinces, ni crocodiles.

– ???

– Venez avec moi (*ils sortent*) ; vous avez lu le nom du magasin, là ?

« Ceci n'est pas la Samaritaine ».

A cette époque on projetait encore des courts

métrages entre les actualités et le film principal. Et il y avait un entre-acte permettant d'aller faire pipi, et de s'acheter une « Glace Gervais » ou des « Bonbons Créma », tout un bouquet de friandises proposées par l'ouvreuse qui circulait, avec son plateau, dans la salle.

Mais il y a belle lurette qu'actualités et court-métrages ont cédé leur place aux interminables pubs pour des bagnoles, des parfums et autres godasses Nike, dont la projection rapporte du fric à l'exploitant alors que pour la location des court-métrages fallait casquer.
En guise de friandises on s'empiffre de *pop-corn*.

***

Je pense que c'était en 1995 que nous avons eu le privilège d'assister à une première projection de « Jour de fête » en couleur. C'était dans une salle confortable aux Champs Élysées. À l'origine, Tati voulait en faire son premier film en couleurs. Fort heureusement il l'a tourné avec deux caméras, comme s'il pressentait que la couleur allait foirer. La pelloche en « Thomosoncolor » était en effet inexploitable à l'époque.

Ainsi, le film tourné en 1947 à Sainte-Sévère-sur-Indre est sorti en salle en noir et blanc (1949).

C'est donc la version couleur, finalement ressuscitée par sa fille Sophie Tatischeff aidée d'une équipe de techniciens, que nous avons vu en avant-première sur les Champs.

Ils avaient aménagé le foyer du cinéma en cour de ferme, avec des vrais volatiles (en cage !) et nous étions accueillis avec la musique originale du film, ce qui nous plongea d'emblée dans une atmosphère joyeuse.

Le prof américain

C'était au bon vieux temps où, après le boulot, nous nous donnions rendez-vous au Saint André des Arts pour boire un demi avant d'aller au cinéma du même nom à la séance de vingt heures. Nous aimions bien ce cinoche qui projetait presque toujours un film qui nous convenait, en programmant non seulement des œuvres venant de sortir, mais aussi des reprises intéressantes. Faut dire, que nous allions toutes les semaines une ou deux, si ce n'est trois fois au ciné.

C'est d'ailleurs au « Saint André » qu'était projeté en exclusivité – pendant près d'une année – « La Salamandre » d'Alain Tanner (1971). Bulle Ogier, l'héroïne du film aurait déclaré :
– C'est peut-être le seul film en noir et blanc, en 16 mm et sans vedette, qui ait fait deux cent

mille entrées à Paris.

Ce soir-là j'arrive en retard au bistrot et je trouve Adriana en train de discuter avec un monsieur au léger accent américain ; il était prof de français aux *States*. Ayant fait une partie de ses études à Paris, il lui était devenu indispensable de venir chaque année passer quelques semaines en Europe. Prenant le sac en plastique, portant la publicité d'un magasin de mon village natal, comme prétexte il entame la conversation :

– Vous savez madame je connais un peu la Suisse et je suis même passé à Spiez, un fort joli endroit d'ailleurs.

– C'est mon mari qui vient de ce pays …

Les présentations faites le bavardage reprit. J'ai oublié de quoi nous parlions encore, de toute façon il ne nous restait pas beaucoup de temps avant la séance. Au moment de se dire adieu, Adriana ne put s'empêcher de demander au professeur :

– Dites-moi, monsieur, qu'est-ce que les Américains pensent de la France ?

Sa réponse nous laissa pantois :

– Mais madame, les Américains ne pensent pas !

À la bonne franquette

Prenons un Français. Un 'vrai' Français qui aime manger de la 'vraie' cuisine !
En voilà un vrai pléonasme.
Alors, si ce Français-là aime encore mieux faire la cuisine que de la manger, cela nous mène tout droit à feu mon ami Bernard.

Avec sa femme Mimi ils avaient acheté une maison de campagne dans l'Yonne et pour nous présenter leur acquisition ils nous invitè-rent, avec un couple d'amis commun, à un dé-jeuner 'à la bonne franquette'.

Tout repas à la bonne franquette com-mence par un apéro, c'est évident. Il y avait des boissons au choix, un Kir au cassis ou à la mûre, ou simplement un petit chablis ou un rosé bien frais, un Martini bitter, un Campari ou une Avèze, le tout accompagné de petits amuses gueule. Pour l'entrée, Bernard nous présenta de petits concombres déguisés en souris. Elles étaient accompagnées d'une assiette de charcuterie sur laquelle la mortadelle et le jambon cru côtoyait des rondelles de saucisson sec et de fines tranches de viande des Grisons.

Il faut que je vous parle aussi, une fois pour toutes, des tranches de pains divers et variés, ainsi que des différents vins adéquats qui accompagnaient chacun des mets.
À un moment donné, notre ami a fait sauter le bouchon d'une bouteille de « Veuve Clicquot ».

Nous avions à peine avalé la dernière bouchée de pain agrémenté d'un monticule de rillettes, que notre chef cuisinier apporta déjà la truite meunière, après laquelle nous commencions à penser au fromage. C'était mal connaître Bernard, car le poisson fut suivi d'un lapin au sang, accompagné de légumes et d'une salade fraîche.

Arriva enfin le plateau de fromage avec des morceaux choisis avec amour chez le fromager du coin.

Personne ne se servit, les convives parlaient de 'trou normand'. Comme j'adore le fromage, et ayant eu pitié de celui qui avait arrangé cette belle assiette, je me suis servi d'une lichette de chaque fromton. Une fois mon forfait accompli, je n'en ai cependant pu avaler, ne serait-ce qu'une petite bouchée.
On en cause encore dans les chaumières.

Notre hôte nous apporta ensuite une coupe avec des fruits de saison. Au dessert on nous servait des Iles flottantes et une tarte au citron meringuée – maison bien sur – suivie d'un bon café, et pour 'pousser' le café nous avions le choix entre cognac, whisky, armagnac, calvados ou Grand Marnier.

Le programme de l'après-midi prévoyait un ramassage de trompettes de la mort, alors que nous n'arrivions presque plus à nouer nos chaussures, en fumant des cigares offerts par le maître des lieux.
Aussi nous fut-il totalement impossible de nous baisser pour ramasser le moindre champignon.

Brève russe

Une blague russe (ou faut-il dire 'soviétique' ?) m'a été raconté un jour.

Iwan, un contrebandier pas trop malin, veut 'exporter' des métaux précieux. Pour contourner la douane il a eu l'idée d'en fabriquer de petits bustes de Vladimir Ilitch Oulianov, comme on en trouve dans les magasins de souvenirs.

À la frontière, en ouvrant la valise, le douanier content s'écrie :

– Eta Lenine !

– Niet eta PLATINE !!

Fuse la remarque de notre arnaqueur.

Giinaquq

Les indigènes de l'île Kodiak, les Inuits *Sugpiaq*, parlent *l'alutiiq*. Et dans cette langue *'Giinaquq'* signifie 'Comme un visage – mais pas tout à fait un visage … '.

En 1872, rentrant au pays, l'ethnologue et linguiste français Alphonse Pinart a amené en Europe plus de soixante-dix beaux masques *Giinaquq* en bois coloré. Ils sont conservés de nos jours au Château Musée de Boulogne sur Mer et font de temps en temps l'objet d'expositions.

À Kodiak, ces *Giinaquq* sont petit à petit tombés dans l'oubli ; pas tout à fait cependant. Conduisant une délégation de dix *Sugpiaq* le directeur du 'Musée *Alutiiq*' de Kodiak, Sven Haakanson, a entrepris un voyage de 12'000 km pour aller étudier, à Boulogne, les œuvres de leurs ancêtres.

Puis, au bout de deux années de tracta-tions, une exposition de ces masques au musée de Kodiak a pu voir le jour.
Les habitants de cette île, qui se trouve dans l'océan Pacifique à quelques kilomètres de la côte sud de l'Alaska, étaient émerveillés par ces œuvres colorés, totalement oubliés de tous de-puis belle lurette.

L'étude de ces masques a si profondé-ment impressionné les artistes locaux qu'ils ont recommencé à perpétrer l'art de leurs ancêtres.

Ainsi, cette exposition, possible grâce à Alphonse Pinart et Sven Haakanson deux hommes qui ne se sont pourtant jamais rencon-trés, a ravivé les dernières braises de cette cul-ture qui était en train de s'éteindre définiti-vement.

[B]rêve

Me souviens, ce qui est somme toute assez rare, du rêve que j'ai fait l'autre nuit.

Je me baladais entre le Panthéon, le jardin du Luxembourg, le Pont Neuf, la fontaine Saint-Michel et le Cluny. Ces monuments délimitent le quartier de Paris que j'affectionne le plus.

J'y ai vu disparaître, petit à petit, les librairies de ce « Quartier Latin » au bénéfice de boutiques vendant des vêtements.

Or, dans mon rêve, je me suis aperçu que l'on avait réunis deux de ces 'fringueries' pour aménager une grande Librairie à leur place !

Mais ce n'était qu'un rêve ...

Humour tunisien

À Kairouan nous sommes montés dans le bus, archibondé, à destination de Tozeur et Nefta. Heureusement nous avions réservés des places 'en première', c'est à dire les deux fauteuils juste derrière le chauffeur. Une fois les cages à poules fixés sur le toit du véhicule, notre voyage commence.

Après des heures de route, entrecoupés d'arrêts pipi, nous nous approchons du but. Quelques kilomètres avant d'arriver, un père de famille s'adresse au contrôleur :

– *Ya baba*, est-ce que tu peux demander au chauffeur de faire un détour un peu plus vers la droite, s'il te plaît ? Ce n'est pas très loin, cinq kilomètres à peine.

– Combien êtes-vous mon brave ?

– Cinq, avec moi.

– Alors vous faites chacun un kilomètre ; cela ne vous prendra qu'un quart d'heure environ …

Histoire d'amour

Leila est follement amoureuse de Ali lequel brûle d'un amour fou pour Leila. Ce fait est assez extraordinaire pour que l'on en parle ici.

Elle vit avec sa mère dans une petite maisonnette pauvre. Leur seule richesse tient en la belle chevelure lourde, noire et brillante de Leila. Faute d'un beau peigne en argent digne de caresser son trésor, elle est obligée de se coiffer, tant bien que mal, avec un vilain instrument en bois.

Ali n'est guère plus riche abstraction faite du beau dromadaire dont il a hérité, mais sur lequel il ne peut monter faute de selle. Il en avait vu une qui aurait sied à merveille à la belle bête mais, faute de moyens ...
Son riche oncle aurait pu lui en faire cadeau ; il ne se serait même pas aperçu de la dépense !

Mais le monde est ainsi fait ; d'un côté il y a une poignée de riches, occupés d'accroître encore et toujours un peu plus leur magot, de l'autre l'immense majorité qui tire le diable par la queue.

Par une belle matinée de printemps Leila a brusquement une idée. Elle coupe sa chevelure, la vend et achète la selle tant convoitée par son chéri.
Quand elle porte son cadeau au bien aimé et que celui-ci lui tend avec une mine radieuse un beau peigne en or, elle tombe sur le champ, inanimée.

Le remorquage

– Nom de chien de put …

Bon. Comme ça doit être une histoire brève, arrêtons-nous là. Pas la peine de répéter tous les jurons qu'il prononça en cette journée mémorable. Fallait que cela lui arrive à lui, sur la côte par-dessus le marché ! Pourtant il la bichonnait sa 'Dedeuche' et voilà que cette saleté de bagnole le lâche sur la route des vacances.

Les autres automobilistes semblent tous pressés puisque personne ne s'arrête …

Ah si, j'ai parlé trop vite. Une espèce de *playboy* en Porsche noire se gare juste devant lui et demande :

– Alors, en panne d'essence mon pauvre ?

– Eh non j'ai bien peur que cela soit plus grave.

– Alors là, va falloir vous remorquer.

Le temps de le dire, il arrive déjà avec la corde. Une fois la Citroën bien amarrée notre dépanneur autoproclamé lui recommande :

– On va démarrer doucement et ne pas faire de la vitesse. Si vous avez un problème, donnez des coups de phare. C'est ok pour vous ?
– Ça marche.

L'opération « Sauvetage 2CV » se passe à merveille jusqu'au moment où on entend sur la gauche : 'Wrrroum' …
– Quoi il ose me doubler avec sa 'Jag' celui-là ?
Et voilà que notre sauveteur oublie complètement qu'il est en mission et appuie sur le champignon. Plus la vitesse augmente plus notre vacancier remorqué s'affole et comme les coups de phare ne produisent aucun effet il donne des coups de klaxon.
En traversant un village le policier en faction reste la bouche ouverte, court vers le téléphone, et appelle son collègue du village suivant :
– He Pierre sors vite dans la rue ; il y a une Jaguar qui file à cent à l'heure en direction de Nice, talonnée par une Porsche suivi d'une deux chevaux qui klaxonne pour doubler !

Altercation

– Mais qu'est-ce qui s'passe ? Pourquoi il n'a pas ouvert son magasin ?
– Cela fait plus d'une demi-heure qu'il aurait dû ouvrir.
– Il n'a pas dû se réveiller ce matin.
– C'est pas normal ça …
Alors que la queue s'allonge de plus en plus un individu énervé remonte vers la porte sous les protestations :
– He ! qu'est-ce qu'il fait, celui-là ?
– Tu ne sais pas faire la queue ?
– Allez ouste, derrière, comme tout le monde !
Voilà notre bonhomme rudement poussé en arrière. Il s'obstine et revient à la charge mais les autres, intraitables, l'expédient toujours aussi rudement à la fin de la queue. À la troisième tentative, l'énergumène est suivi depuis le milieu de la file d'attente par un grand gaillard lequel, arrivé devant la porte, l'attrape par le fond de

la culotte et le jette, sans autre forme de procès, dans le caniveau de l'autre côté de la rue. Se levant, notre homme s'époussette le froc en vociférant :

– Si c'est comme ça, vous pouvez tous rentrer à la maison, je n'ouvre pas le magasin !

Au Saf Saf

Le soleil d'Afrique darde fièrement ses flèches sur hommes, bêtes et la terre, assoiffés. Sahbi ferme les locaux du dispensaire à clé et se dirige vers sa voiture. S'étant occupé de ses patients depuis sept heures du matin, il lui tarde d'aller se reposer au Saf Saf sous le peuplier gigantesque, vieux d'au moins trois siècles, qui ombrage de ses branches une bonne partie de la terrasse intérieure.

Arrivé à La Marsa il s'achète en passant deux '*ftaïrs*' chez Ahmed et s'assoit, muni de ces friandises, sur une chaise plus ou moins confortable. Les vitres colorées aux couleurs vives projettent des taches rouges, jaunes, bleues et vertes sur le sol et la petite table ronde devant laquelle il s'est installé. Il a juste le temps de commencer à apprécier la brise câline qui souffle depuis la Méditerranée, que le serveur lui apporte déjà son thé vert sur lequel nagent des pignons blancs et dodus. Ali connaît bien son client qui a l'habitude de venir se détendre tous les jours, si possible à la même place, en buvant son thé vert.

Non loin de là Fethia, la chamelle blanche – mais non, nous sommes en Afrique, c'est donc une femelle dromadaire ! – tourne inlassablement en rond, les yeux bandés. Elle lui manque, cette deuxième bosse fièrement portée par ses cousins à l'allure hautaine qui vivent dans les steppes de l'Asie centrale. Mais il y a belle lurette que la pauvre bête fait tourner la noria pour le seul plaisir des petits et grands, car l'eau de source qu'elle est sensé remonter dans les godets, et avec laquelle les Beys abreuvaient leur pur-sang au dix-neuvième siècle, fait à présent défaut.

Sahbi est en train de mastiquer son deuxième beignet quand un nouveau client, entre deux âges, vient s'asseoir à une table voisine. Ali n'a encore jamais servi ce compatriote coiffé d'une chéchia rouge vermillon, couvre-chef national. Il a un exemplaire de « La Presse » du jour coincé sous le bras et commande un 'café avec beaucoup de sucre' ainsi qu'une chicha. Celle-ci émet des gargouillis discrets chaque fois que le quidam aspire une bouffée de fumée rafraîchie par l'eau. Absorbé par la lecture d'un article il laisse plonger un à un les morceaux de sucre dans son café. Sahbi, qui a observé la scène dès le début, est subjugué et quand son voisin arrête ses gestes, laissant le dixième morceau orphelin dans la coupelle, notre jeune médecin ne peut s'empêcher de s'enquérir :

– *Ya baba*, pourquoi tu ne mets pas aussi le dernier morceau de sucre dans ton *caoua* ?

– *Ya wouldi*, il ne faut pas exagérer tout de même !

Après l'avoir consciencieusement remué, il commence à siroter son breuvage.

Le mexicain

Cela se passa à la frontière entre le Mexique et les États Unis du temps où on allait d'un pays à l'autre sans problèmes majeurs. Du sud vers le nord c'étaient des émigrants qui espéraient une vie meilleure en ouvrant un tout petit établissement 'de l'autre côté' pour pouvoir servir du whisky aux *gringos*, contre espèces sonnantes et trébuchantes. Dans l'autre sens par contre, on croisait le plus souvent des délinquants voir des meurtriers, fuyant le *marshal* du coin. La frontière ressemblait donc davantage à une passoire qu'à la Muraille de Chine et il ne venait à l'esprit de personne d'ériger à coup de milliards un mur le long du Rio Grande, de Matamoros à El Paso, puis vers San Diego sur la côte de l'océan pacifique.

On peut se faire une idée de ces indiens, *venus* rendre de menus services au *sheriff* du patelin, en regardant un des nombreux *westerns*.

Mon *movie* préféré du genre c'est « Rio bravo » de Howard Hawks, avec l'inévitable *John Wayne* dans le rôle du *sheriff*, entouré du jeune 'Colorado' *(Ricky Nelson)*, devenu son adjoint par accident, de *'Dude' (Dean Martin)*, ancienne gâchette abîmé par l'alcool et de l'inénarrable *'Stumpy'*, vieillard grincheux et boitant joué par *Walter Brennan*. Un *western* sans belles filles alors ? Que nenni ! Une sublime *Angie Dickinson* joue *'Feathers'*, une fille pas si légère que cela, qui tombe amoureuse du *sheriff*. Notre couple de mexicains dévoués est interprété respectivement par *Pedro Gonzalez-Gonzalez ('Carlos')* et *Estelita Rodriguez* (sa belle épouse *'Consuela'*).

Mais revenons à notre histoire. Ce beau dimanche matin-là donc, les croyants étaient tous rassemblés dans la petite église du bled, chantant des louanges à Dieu et écoutant le sermon quelque peu ennuyeux de l'officiant. En plein milieu de l'une de ces phrases envolées, l'idylle fut brusquement rompue par le grincement de la porte qui s'ouvrait, projetant au sol entre les deux rangées de bancs et dans un rayon de soleil éblouissant, une longue ombre foncée du genre publicité pour *'Sandeman'*, si

vous voyez ce que je veux dire. Cette ombre avançait lentement vers l'autel, ponctué du 'toc – toc – toc' des talons d'une paire de bottes de *cowboy*, accompagnés du cliquetis des éperons. Les fidèles, d'abord interloqués, commencèrent à chuchoter de plus en plus énervés :
– '*Sombrero*' – '*Sombrero*' – '*SOMBRERO !*'.
Mais le couvre-chef noir aux larges bords resta solidement vissé sur le crâne de l'individu qui continua d'avancer, imperturbable. Arrivé devant le prêcheur au bout de l'allée, notre mexicain basané se retourna puis, décrochant sa guitare de l'épaule gauche, s'adressa d'une voix rauque aux fidèles :
– *À la demande générale,*
yé vais vous chantère 'El sombrero' !

Vom gleichen Autor bei BoD erschienen:

2013 – « är, äs u süsch no … », bärndütschi gedicht.
      ISBN: 978–3–7322–5539–9 – vergriffen – (épuisé)

2014 – « sibe brünne », bärndütschi gedicht u gschichte.
      Eine erweiterte, mit Kurzgeschichten ergänzte
      Neuauflage von « är, äs u süsch no.
      ISBN: 978–3–7357–5964–1

2014 – « märjelen », gedichte.
      ISBN: 978–3–7347–3316–1

2018 – « alles isch bärg », bärndütschi gedicht.
      Mit 40 Fotografien des Autors.
      ISBN: 978–2–322–14520–1

Ont paru chez BoD – du même auteur :

2016 – « cupidon s'en fout » et autres poèmes.
      Avec 38 photos de l'auteur.
      ISBN : 978–2–322–13109–9

2017 – « ricochets », poèmes.
      Accompagnés de 40 photos de l'auteur.
      ISBN : 978–2–322–10060–6

2020 – « belle jeunesse », poèmes.
      Accompagnés de 40 photos de l'auteur.
      ISBN : 978–2–322–25488–0